秦湄毳 著

一树桂花静静开

一树桂花，年年岁岁，历久弥新。时光安详，岁月庸常。

电子科技大学出版社

图书在版编目（CIP）数据

一树桂花静静开 / 秦湄毳著. —成都：电子科技大学出版社，2018.3（2025.4重印）
ISBN 978-7-5647-4606-3

Ⅰ.①一⋯ Ⅱ.①秦⋯ Ⅲ.①散文集—中国—当代②随笔—作品集—中国—当代 Ⅳ.①I267

中国版本图书馆 CIP 数据核字（2017）第 129084 号

一树桂花静静开
YISHU GUIHUA JINGJINGKAI

秦湄毳 著

策划编辑　杨仪玮
责任编辑　杨仪玮

出版发行　电子科技大学出版社
　　　　　成都市一环路东一段 159 号电子信息产业大厦　邮编　610051
主　　页　www.uestcp.com.cn
服务电话　028-83203399
邮购电话　028-83201495

印　　刷　三河市天润建兴印务有限公司
成品尺寸　155mm×230mm
印　　张　14.75
字　　数　187 千字
版　　次　2018 年 3 月第一版
印　　次　2025 年 4 月第三次印刷
书　　号　ISBN 978-7-5647-4606-3
定　　价　46.80 元

版权所有　侵权必究

目 录

不跟最爱的人结婚 …………………………………… 1

男人女人都如橘 ……………………………………… 4

春水痕 ………………………………………………… 6

春天的早晨 …………………………………………… 11

花儿朵朵 ……………………………………………… 15

少年在草原 …………………………………………… 17

雨水真甜,我要发芽 ………………………………… 20

采一把艾蒿带回家 …………………………………… 23

走一步,再走一步,轻轻拉住梦的手 ……………… 26

我是背诵高手 ………………………………………… 30

春天在哪里 …………………………………………… 35

一粒糖,两张纸 ……………………………………… 38

下糖了 ………………………………………………… 44

春天怎么是垃圾 ……………………………………… 46

让风跟着孩子跑 ……………………………………… 49

女儿要我做好看的人 …………………………… 52

春暖花开读书天 ………………………………… 56

我的摄影师 ……………………………………… 59

霸王龙的脚印 …………………………………… 63

林克的小纸条 …………………………………… 66

拿钥匙的小男孩 ………………………………… 70

小星星飘满屋 …………………………………… 75

会变魔术的书包 ………………………………… 82

处处飞花的童心 ………………………………… 85

大地的钥匙 ……………………………………… 89

蔚蓝色的小脚丫 ………………………………… 92

长安街头的音乐厅 ……………………………… 94

未名湖畔木叶声 ………………………………… 97

凤　　凰 ………………………………………… 100

阳光做的烟雨 …………………………………… 105

天涯树 …………………………………………… 107

抿着嘴的树叶 …………………………………… 109

甲天下的微笑 …………………………………… 112

走进春风 ………………………………………… 115

送你一朵昆明的水花 …………………………… 118

带着妈妈看世博 ………………………………… 122

披着晚霞的爬山虎 ……………………………… 125

今夏与你相逢 …………………………………… 128

一窗秋色	131
夏威夷的沙和水	134
海南男人	136
夏日的乌镇睡着了	140
走在合欢树下	143
心是一朵洋葱	146
每个人都是一朵雪花	150
墙壁上的金鱼	155
艳艳红菊	160
飘香的风	163
一颗晴朗的心	165
善良是一朵美丽的花	167
给心灵安上快乐的镜片	170
5分钱的高贵	173
儿子的美味	176
姐弟俩的"假期Style"	179
好孩子交好运	183
向着梦中的地方去	185
走在临沣寨的清风里	188
男人的花	191
问汝平生功业	195
简单就是快乐	197
成长是一首破茧成蝶的歌	199

该怎样就怎样 …………………………………………… 201
满天都是花裙子 ………………………………………… 203
过好生命里的每一天 …………………………………… 206
丢了一枚钉子 …………………………………………… 210
树洞里的秘密 …………………………………………… 214
从今天起 ………………………………………………… 217
给自己一个舒服的姿势 ………………………………… 220
蝴蝶翅膀哪里来 ………………………………………… 223
心中的新年 ……………………………………………… 227

不跟最爱的人结婚

男人娶了最爱的人，常常会失望；女人嫁了最爱的人，总是会很累。

所以，即使男人可以娶——他最爱的女人，女人却不要嫁自己最爱的人。

沈从文娶了最爱的女人，却在婚后颇多猜忌，婚姻的疼俗世的痛，似乎多了一份，并非那一札札致张兆和的情书，那样轻逸飘灵。也许，烦琐的日子使然，但这里，也可以被借来支撑一下不娶最爱的"谬论"。最爱最在意，经不得风吹和草动，如何有的好营生？不能安然，哪能美满？

林语堂不娶最爱的女人，也是不能够娶，却过得平和安稳，又落得红颜知己，一世传奇的一份情，以至最爱的那女人，死后也要葬在他途经的路边。谁比谁更痴情？

而最爱他的那女子，拥有一份俗世的婚姻，也多了一份空灵的期盼和慰藉，以至死去还要浪漫一回。她以为他会在每次途中驻足，也许，她一生颇多自我纠缠和不能释然，可知不知呢？如果嫁了最爱，更是沉重，抑或，还有烦闷。同一事，同一情，她对他的操心和把持，会远甚于对待丈夫的轻松，心弦紧绷，只因爱的分量重，付出也更沉，伤心自深重。

女作家白薇，一意专执地追将去，纠缠于她最爱的杨骚的一言一失，滥缠紧撵，20多年，一刻不缓，荒废了一世才华。痴迷于自我的最爱里，始终自伤，落得形神憔悴，情绪糟透，脾气也坏到了极点。枉然无语的心意，枉费心机的计较，损心耗神，早早累及身体，咯血写作。情了，也得了；不能，也得断。屈了才，伤了体，弄得情伤人比黄花瘦，爱天爱海空也茫。

我的一位文友，九曲回肠的初恋过后，她顺利成家结婚。谈及以往，她说，幸亏没有嫁给最爱的那个人，不然，我有多累！每一个操心，都是超常的爱，都是千份万份增重。这多好，对丈夫喜欢，也爱；一般的，正常的爱，也惦记。不至于，等不到，见不得，就遂死不得活似的。想当年，相思苦，一刻不见，如隔三秋。如果嫁了那个最爱的人，一双纤手，必是为他做得最精最细最极致；一颗最爱的心，必是万万的一丝不苟为他经纬再经纬，一颗心真的被要操碎成屑；一双眸，时时为他守，为他候，为他注目，时时不分，一瞬不瞬，一定会把他看得融化掉，他没了存放氧气的空间，必是活不成……最爱的那人，他说我一个"不"字，我必是不得活，他若把目光转到别处，我亦是活不得……

还是，现在这样好。我和丈夫，相亲也相惜，偶尔吵吵架，甚至该出手时也出手，很筋道的感情，正常过日子。我有隐私，他也有自己的私房情感，不影响家庭，各自都多一个支点，生活的平面，更加稳固。

最爱，也许就如同手心里握沙子，用力的大小，相当于爱的程度。紧紧握，握得不留缝隙，必是最爱，却存不得沙子，它会都掉落地上；若是不用力，或用力太小太少，它也会掉落地上，如同不爱或者爱得太少。所以，女人不嫁最爱的，找个喜欢的正常爱，正常用力握沙子，沙子就抓得牢，日子便过得稳；男人也这样，不要最爱的那女人，便为她少分神，少吃醋，不计较，心舒畅，天天上"早朝"理事，时时可"升堂"问政，正常地奔赴事业，女人和家，系得更牢靠。

放弃最爱的人，你就远离了情绪的激流、情感的险滩，姗姗来临的是波澜不惊的春和景明，是平静的生活与平淡的幸福所特有的方式和节奏。

有得就有失，有利则有弊，大自然的法则使然。你放弃了最爱，就会有另一份平淡平和平静的心绪和情事补偿给你。是补偿也罢，是"除却巫山不是云"的安然，也是"天涯何处无芳草"的辽阔，你的生活自是一段"大漠孤烟直"的淡定，更是一曲"星垂平野阔"的旷达。这样的生活不是美玉无瑕，不是软软易断的足金，称它是美丽两全的"金镶玉"如何？

放弃最爱的人，和亲爱的人"隔"一点，不必黏得如胶似漆。留出空间，世情的春风浩荡而过，婚姻在通达中成长如树，开花，挂果。圈圈年轮，岁月蜿蜒，日子连绵里，幸福成歌。

婚姻专家调查研究表明，每个月有两次分离，单独与朋友外出，有利于婚姻稳定。不用思量，也是隔的力量，爱的淡化，使爱的发条无形加强。放弃最爱的人，有什么不好吗？是了，有一份遗憾，否则呢？遗憾更深，一世只爱了一个人，而且爱得支离。不信，你试试。

男人女人都如橘

一次单位聚餐，两个男同事谈到各自的老婆。老陈说，他的老婆好糊涂，吃喝玩乐，晕头晕脑，他赚多少钱都不知道，家里的存折也模糊得很。想存私房钱，要多方便有多方便，可他没那习惯，没有必要；若是养个小三小四小五也太容易啦！老婆别说提防他了，初恋情人找到家叙旧，她愣是糊涂得不认识。

小史刚好相反，老婆完全不一样，敏感、精明，防不胜防，千小心万小心的私房钱都会被发现。还没和初恋情人怎么样呢，不是被翻手机信息，就是被搜索QQ聊天记录，还玩跟踪……比警犬还灵活，心眼比筛子的窟窿还多！

同事们开始议论纷纷，说是老陈有福气，有一个省心的老婆，说小史不容易，有一个较真的老婆……

感慨之中，"90后"小姑娘青青目光犀利地盯着二位男士："陈哥哥啊，就因为你是'十好'男人，嫂子才是一个糊涂人；史哥哥，小妹这厢得罪了，青青先打一拱手，你老肯定是花花肠子太多了，把嫂子活活练成超级大警犬！"

众人听完几欲喷饭，哄堂大笑之中，开始品味小姑娘青青的点评。可不是嘛，两男人的描述，大家明白听出一个是幸福得一塌糊涂的女人，一个是焦灼不安的女人。

有人疑惑发问，要是史哥哥的媳妇也像陈哥哥的媳妇那样糊涂，是不是也会和陈哥哥的媳妇一样幸福？还是陈嫂子糊涂，陈哥哥才没有什么风吹草动呢？

大家猜测着，倒是两个男人好像没事一样，各忙各的。

老陈给媳妇打电话："傻瓜媳妇啊，别忘记吃药啊，你的化验单我拿回来了，血脂还高呢，别忘记了啊！"语重心长，苦口婆心，千叮咛万嘱咐。

小史呢，低头发了一阵信息，还把电话打起来了："不方便，不方便，我回头打给你！"支支吾吾欲语还休。

青青几个年轻人做着鬼脸说："是二嫂吧？还是三嫂？"

小史讪讪地说："去，小孩子懂什么！"

年纪最长的冯老师说，要我这老太婆讲，感情的事，色彩多了，就是折腾，还是单一点的比较幸福，生活真是越简单越舒坦。女人嘛，遇着啥人就过啥日子。有人糊涂了也不幸福，有人幸福了也不糊涂。男人女人都如橘，在南为橘，在北为枳，谁说得清楚？

春 水 痕

春来了，春风细如柳芽，轻笼着清清的小河水。

不知为什么，有一点想落泪的感觉。

走在这么熟悉的小城街道上，两旁的树木高大参天。我是小城生小城长的孩子，喜欢极了这些树。尤其是翠绿如盖、黄叶满地的时候，对我是一种痴迷的吸引。

他陪在我的一边："我送你回单位。"

推着大厦的旋转门，我们一同从玻璃门里走出来。

那是你的禁区，我来冒犯，你觉得伤感、失落，所以想要掉泪。

也许，是一种久违的感觉，是一种不真实也不现实的感受，那一点时空是隔离的，不在地上，惹得我想要掉泪。

此时，高又直的树和它们那硕大的枝干，让我感到似乎有点陌生。

毕竟不是"豆蔻"也不是"妙龄"时分，粗糙的生活打磨了我粗糙的感觉，我一样的声音、一样的语调给他讲述，我成长和生活的小城的几处细节，他听着。

他听着，突然，所答非所听地说："你会不会看不起我？"

我没迟疑，说："不会的。"

蒙蒙的雨，下着，在衣上，在身上，在彼此的头发上。我的心上也似雨蒙蒙，扫一眼，看到他的眼，也蒙蒙。

想起读大学的时候，他的可爱，他的好。

我说："你是小弟弟。"

他也一样的声音、一样的腔，说一草一木几过往，给出结论："我最讨厌别人当我姐。"

我不说话了，因为在我没辙的时候，只会给人当姐，不管朋友是大还是小。

这么远的路，我们慢慢走着，他不返回，就只带他往我单位和家的方向走。

"你刚才说的话是骗我的，你跟骗小孩子一样。"他还在追究。

我说："不是的，真的，是一个老的大姐给我说过的，不能。如果那样，要么，以后就在一起，要么，分开，面也不能见了。"

"你的洁癖真的很厉害吗？"他又问。

"心灵的洁癖。"

"那我没有给你留下污点吧？"

"没有。你挺好的。"

"其实是这么想的，你不是把持住自己了嘛？"

劝阻他的时候，给他讲了"合答安"的故事，她是一个聪明的女人。年轻时没给，半"老太婆"就更不能给。

"贞洁是习惯，也是铠甲，脱了不能活，安娜、包法利夫人、嘉芙莲，都是没了铠甲，也没有命的。你难道想害我不成？"

他默然，摇着头，说："你净哄我。"

我没有想到，多年之后，他居然还在挣扎。

真的后悔到他住的饭店见他，早知道约他出来喝茶好了。徒然的存在徒然的场景，多余的感情，却是一次"战斗"。

长吁一口气，到了我的单位门前。

"进去看看吗？"

"不进去了，"他说，"看看你们的大门吧。"他往里张望。

"我明天……"他说。

我没听清楚他说什么，只说："你挺好的。"因为知道，他极要面子的。

"我知道了。"他说，"你进去吧。"

"好。"

看着他走了，我又从单位大门里面转身出来，想着要接孩子了，就往幼儿园那里赶。

正好先生打电话："我已经回来了，什么时候接孩子？"

我就在这里等。先生来了，我忍不住地泪眼婆娑起来："今天差点犯错误。"

先生却笑起来，无声地拍拍我的头。

周围那么多的人，我赶紧跟着先生进去幼儿园。

雨下得大了，先生衣服都湿了，抱着儿子，牵着我。

想着千辛万苦认真养家的先生，想着刚结婚时他半开玩笑给我说的话："只要犯错误，就打断腿。"当时只是好笑，俩人一起笑，这时有些酸酸的。

十多年的婚姻了。也曾风,也曾雨。

进得家门,先生给我和儿子擦衣上的水。忍不住亲一下他的脸,他笑了:"是不是觉得有愧啊?"

我不理先生,对着镜子弄头发。

他闯进来:"还在回味呢!"

我一惊。

"对不起对不起,打扰了!请继续!"先生说着,绅士一般打着手势,嬉皮笑脸。我也乐了,两人纠在一起,不许走,来,一起回味。"有什么感受吗?"

"有,原来自己是个女人。"

哈哈哈,笑作一团。

儿子在一旁莫名其妙:"你们干什么呢!"

先生说:"看你妈那没出息样。人家给她开玩笑,她还当真了,当心人家看不起啊。"

唉,是啊,It's a joke, only a joke.(原来只是一个玩笑,只是一个玩笑。)

晚饭后,先生说:"也不问问人家怎么安排的,还地主呢。"

正在拨号码,信息来了:"我已在去机场的路上。祝你幸福!问全家好!"

"一路平安!"先生替我给他发出祝福。

睡在床上,我问先生:"你不生气吗?"

先生说:"真的,假的,都是玩笑。别傻了,快睡吧!"

拥着小儿和先生,安详睡到天亮。

我的泪落在先生的玩笑里。

终于明白,是先生的玩笑惹得我掉眼泪。

先生的玩笑跟小城的大树一样,参天入云,于我,是一种痴迷的吸引。

春来了,轻笼着清清的小河水,春风细细,淡如柳芽,过了。

风,过了,也就过了。

春天的早晨

小鸟叫醒了大地,叽叽喳喳的叫声里,春天睡醒了。

春风轻拂晓窗,小男孩道道和妈妈起床了。

"早上好,宝宝!"

"早上好,妈妈!"

"让我们去晨练吧。"

"好啊,妈妈!"

"早上好,春风!"

"早上好,小鸟!"

道道钻进微笑的轻风,仰望冲着他点头歌唱的小鸟们,口中问候。

"爷爷奶奶好!"

"道道你好!"

晨练的阿姨却说:"小鸟你好!"

"错了错了,我不是小鸟,小鸟在那里叫。"道道指着绿色的小树说。

"你是小鸟,是一只快乐的道道小鸟,你也在春天里叫!"阿姨说。

"呵呵,"妈妈笑了,她说,"道道还和小鸟一样会说早上好。"

"哈哈,"道道也笑了,"妈妈,我也和小鸟一样会带来春天。你看草莓都开了小白花要结果子了,那可是我从奶奶家拿来的春天啊。是不是,妈妈?"

是的,道道初春回老家看奶奶,从塑料大棚里带回8棵草莓苗,已经层层长出新叶,绽放出洁白的小圆花,长出红嫩的果呢。他和妈妈,一天看三回,看得春色四溢,在家里小院,在心上眼里。

"看,你真的是一只小鸟,衔来了春光和春的滋味。"妈妈捉了一只小草莓,含在口里。

晨练后,道道给他的草莓浇浇水。"草莓,你好,早上好!"他捉了一只放进小嘴巴里嚼着。

"妈妈,你怎么不吃它啊?"

"我在慢慢品味春天呢。"

"那我不是把春天吃下去了吗?"道道做了一个吞咽的动作。

"你吃下去春天,就会长成春天哩!"妈妈说。

"错,错。妈妈,我是儿子,怎么会是春天!"

"因为你和草莓一样,给妈妈一种春天的感觉,当然就是春天,你们一样美好!"

道道却说:"刚才我还是小鸟呢,这会又是草莓又是春天。我不是成孙悟空了吗?"

"春天里,什么是孙悟空呢?"妈妈问。

道道不懂,歪着头看妈妈。

"春风,春风是不是啊?二月春风似剪刀,春天都是它变化出来的。"

"哈哈，"道道笑了，"妈妈，小河小溪，也是春天的孙悟空。我们去山里，爸爸说，是它们浇得山青树绿草开花的！"

"对，对，春天的孙悟空可多呢！"

"只要变出春天来，就都是春天孙悟空哇！"道道惊喜不已。

他和妈妈一起来到了早市上："妈妈，这些卖菜的叔叔阿姨也都是孙悟空。"

"为什么呢？"

"你看他们变出这么多菜、草莓、樱桃，这不都是春天吗？"

"呵呵，真的呢，这一条街上到处都摆着菜农变来的春天。"

道道和妈妈提了一嘟噜的"春天"回家去，太阳红红地照着大地。

"妈妈！"道道大叫，"太阳也是孙悟空，它变出春天的白天和黑夜，变出春天的雨、大朵的白云！它还变出红色的人脸！你看大家的脸都是太阳的颜色，看，树也是，小狗也是……"

看着道道又急又喜的样子，正在扫地的清洁工阿姨乐了，招呼他："小伙子，看，我的扫帚可以把太阳扫得哪儿都是！"

道道安静地看："噢，那你也是孙悟空，还会变出一地阳光！让每条路都亮堂！"

他恍然大悟似的对妈妈说："春天的早晨，到处都是孙悟空，他们都会变出春天！"

"是啊，这些孙悟空变出了生活的春天，时代的春天。"妈妈赞美地接口。

妈妈牵了道道的小手："那咱回家去，妈也给你变一桌春天的早餐，好吗？"

道道乐得，阳光一般，春风一样，小鸟似的，他跳着走着，俨然是踩着春天，前行。

花儿朵朵

花儿朵朵是我的学生们,我一直这么以为。

春风里,我看他们蝶儿般的身影勃勃地成长,心里平添无数清亮的欢乐。

我喜欢听孩子们琅琅的读书声,喜欢目光游弋在他们中央,搜索一缕缕稚嫩又真实的忧欢之波,轻轻揿动他们的心之钮,让快乐如朵朵白云舒卷在每一片童稚的心空里。

这是一群还不明事理的孩子,却是人类最美丽圣洁所在。呈现在我眼前的每一颗灵魂飘着香,鲜鲜地淌着真,滴着纯。我蓦然发现世界能够永远有这么美好的真谛,懂得了人类千变万化、太阳可以日日鲜红的奥秘。花儿一般香,花儿一般美的心灵,是人类整个历史的底色呵。

都梦想着明天的历史花一样美好,那么请慎重一些,不要伤残也不要污染了这些个书写未来的小儿的心吧。

呵护孩子的童年,保护每一颗心灵的花不再凋残,世界的容颜将是一朵花。

花儿朵朵是我的学生们,是他们嫩的脸、纯的心、香的魂。花儿朵朵更是阳光下史册里许多真、许多善，无数的美。

　　我不知道自己走了多远，我想测量起来肯定很可怜！我更琢磨不清人类长途跋涉了几多山水，可我怎么也该料想得到其中何其凶险艰难，使我感觉自己渺小如尘埃！然而，无论如何，我都知道日月星辰的容颜之所以恒久不变，就是因为花儿的容颜，一直是人类灵魂的容颜。

　　我期望学生们拥有心清如水的赤子情怀，并不回避红尘滚滚里有烟灰缭绕，兽影徘徊。永葆自我不容易，在给孩子们的留言中我写过：

>　　有一天，或许你会感到有点累有点泪，当无语诉说的时候，别忘了老师正燃着一支蜡烛等你来……

　　其实，无论何时学生感到冷，作为老师能给予的也仅仅是一缕烛光的温热，但是，在漆黑的港湾里，也许这如豆的光明会使孩子们永不迷航呢。

　　世界难免纷争，人间存在黑白。今日我眼里花儿样的孩子，在走过千里万里路后，也许有一张老榕树的脸，但灵魂依然是朵花。我一直这样期待着。

少年在草原

——写给学生ZZ

我想象不出你现在的模样，孩子，虽然你的小同桌告诉我你长到了1.83米——你是像豆芽菜一般细细长长的吗？她说你还是那么瘦。

我记得的是小小少年的你：瘦弱、矮小，坐在第一排，白白的小脸庞。你听我的语文课加起来不足一年，埋在众多学生当中，我对你的记忆很少很少，但清晰又忧伤得难忘。

第一次引起我注意，是因为批改日记时，看到你写的一句话："我是一个胆小、懦弱的人。"于是看你的眼光便多了几分怜爱，甚至是怜惜，把你当成一个小可怜，尽可能地不难为你，我甚至迁就你的不及时完成作业——当时有学生给我说你的父母常常吵架。还有人说班主任有时对你动武——我也听到有老师说你爸很护犊子。我还知道你爸非常爱你，为了"护犊子"，曾想利用一下"职业之便"——亲爱的孩子，一年相处，你留给我的印象淡而又少却挥之不去。

接班的时候，你们是初二。我当时以怜爱的眼光看着你，却不曾告诉你太多言语。我是你的语文任科老师，你可以在我的课堂上尽量"放纵"你的自由自在。后来，你留级，有了新的环境，嘈杂的课间你向我问好，看出你的笑容多了一些，我不由得释然。

知道吗？孩子，我今天为什么又仔细地想起你？——是偶然吧，我去邮局寄信，远远就听见一个乖巧的声音连着响亮地问候："秦老师好！"

我有些惑然，她告诉我："我是给ZZ寄信的，他在呼伦贝尔看监狱……"

我终于想起那是你的小同桌，我们一起回忆你做的一个造句："老师像监狱一样。"

记得我纠正你，还说小小年纪思想别那么消极。课业匆匆，我没多想什么，却也记得这句话。如今细想，那是你小小心灵受到戕害的呐喊呵——亲爱的孩子，种种原因使你怕读书、怕学校、怕老师，于是你早早去当兵了。同桌告诉我，你不愿意记起学校的一切。我伤感着，愧疚自己当时没能在匆匆忙忙之中给予你多一些关爱和慰藉。

孩子，老师记得你。时光的流水里，常常想起瘦弱的你、有时更瘦弱的教育和教育有些时候的瘦弱。我设想如果不——如果不——你会不会有另一副心态和模样。我想象着，却无力扭转时空的坐标，即使在当时亦如此，我长叹长思索，课堂上凝视你，你不会知觉的。

"不能把老师比成监狱，没有相似点。"记得我笑了，给你说。

现在看来，老师错了："在你心里，它们一样都是黑暗。"

孩子呵孩子，偏偏而今你在看管着监狱，你的看法和感受会是怎样？你会忽略细小的善和美吗，你会呵护美丽的心芽不受损伤吗？——孩子，我想你会的，你善良而且敏感，你的伤是你的痛，也是你善解人意、从善扬善、充满爱心的理由，是不是？

>>>

孩子，你不记"监狱"，不记学校里的许多，但是，孩子你肯定记得那次回答——讲授了一个单元的有关桥的文章后，我问大家："最喜欢哪座桥，为什么？"

同学们踊跃得很，你也举手示意，我点头，你站起，回答："我最喜欢阿葛尔桥！因为它是为14岁的少年英雄阿葛尔而建的，我向往他！"

我心里一亮，大声地表扬你，这时我看到一个最自信的你，自豪地仰着脖儿！我一直都记得你的神情、你的模样，记得你响彻课堂的回答："我向往他！"——孩子，你记得吗，你不愿意记得吗，你的"少年英雄"，你的如同少年英雄的一幕？

如今，辽阔草原、浩荡长风中的你，湛湛蓝天、朵朵白云下的你——孩子，老师怀着复杂的愧疚之心想你，想你活跃的少年在草原的小英雄的形象！

孩子，记住你的回答。

雨水真甜，我要发芽

教室里，乱哄哄的，学生在说话，怎么也止不住，老师无奈地点一个学生的名字："请你出来，帮我做一件事情。"

女老师和这个学生来到走廊，趴在楼层的栏杆上。

夏日，校园的花坛里刚开满了朵朵月季花，很漂亮。

"请你去帮我摘一朵花好吗？"老师给学生说。

男孩摇头："老师，那是偷花，我不能去。"

"去摘来吧，老师喜欢！"女老师不动声色，只是要求，甚至，还出主意，"去吧，要是有人说你，你就往这指，说老师让你摘的。"

"那也不行，老师，你还是让我干别的事吧。"男孩子央求道。

"别的事——就是学习。"老师说，"你到班里去学习，再给我找一个'接班人'来，你不能再说话。"男孩答应，又叫出来一个正在说笑的男孩。

第二个男孩依然不能答应为老师去摘花。

女老师把第二个学生也放回班里去，教室安静了下来。

夏日的花坛里，那一朵朵月季花，让这个教室安静下来，没有人再说话,女老师也没有要到她想要的月季花。

放学的时候,女老师给同学们布置作文——以此为话题,自拟题目,写一篇作文。

第二天交上来的作文五花八门,各式各样——

月季花让教室安静下来——月季花是老师那颗美丽的心,她聪慧地让教室安静下来……

老师的威力大,还是花的魅力大——老师的威力难抵月季花的魅力,是因为说话的学生也有一颗美丽的心,心的美丽令教室安静……

谁说我爱说话,只因为你不知道怎样让我停下来,今天老师用一朵花找到了这把钥匙——它不是别的,它是诚信——对一朵花守诚信,对老师、对学习、对父母、对社会,我更要做一个诚信的人,所以我闭口。

我面对学生,认真起来,如同面对一朵花的盛开,我希望自己不要辜负,美好的春天,美丽的花……

也有学生在琢磨老师——

如果老师都这样——今天的事情,让我体会到,开一把锁,可以有很多把钥匙,原来,月季花也可以是一把钥匙,为什么其他的老师不能够也这样呢,换换方式,学生会更听话,教室会更幸福……

如果月季不开花——我在想，如果月季没有开花，老师会怎么做呢？我想，老师还会想出别的巧妙的方法，老师育人，运用的是她自己的理念，理念之下，方法灵活多样，月季花不开，老师会不会让学生去为她摘天边那朵飞跑的流云呢？

雨水真甜，我要发芽——老师啊，您的教育是雨水，雨水真甜呀，我要发芽，因为我是一粒种子，春雨唰唰，润物无声……老师，您的种子发芽了……

夏日的教室里，鸟语花香，浓烈地绽放的还有学生们那一颗一颗芬芳烂漫的心……

采一把艾蒿带回家

临近端午,教授的这一单元课文全是民风民俗类的,赏了《云南的歌会》,品《端午的鸭蛋》,又尝《春酒》……如此赏心悦目地聆听品味着,一个有心的学生,递上一把青葱的艾蒿:"老师端午快乐!"

"哪来的?"

"我和妈妈去山上采的。"

深深吸鼻:"啊,醉了!"

学生讶然:"老师,太夸张了吧,真醉了?"

"真醉了。"我答,"我嗅到你对我的情意,感动着陶醉着!"学生一瞬不瞬地注视我听我说,"还有——"

"还有什么?"一群学生围着问。

还有——

彼采萧兮,一日不见,如三秋兮!

彼采艾兮,一日不见,如三岁兮!

《诗经》里的这诗句，遥遥地传来，逼真地现在心上——诗的风采，艾的馨香，蒿的馥郁，朗口念与学生听。

初中的学生不熟谙"诗三百"，他们却听过这样的成语："一日不见，如隔三秋。"有人惊喜地跳："老师是出自这里吗？"

答："然也。但是明确，是'一日不见，如隔三秋'的成语出自这里，不是'老师'出自这里。"

有人说："老师，你也出自这里？"

"为什么呢？"

"一日不见，如隔三秋，适用于你——"

"嗯？"

"——跟我们，适用于你跟我们。"

"一日不听语文课，三秋闹'亏空'，成绩好不了！"有学生开始"拍"本师了，为的是端午节给他们带粽子。

本师的手艺包粽子，不累死累活，也是累活累死，不如，带他们去采艾蒿。

初夏的晨，带三五学生上山，清风里的艾蒿，一棵棵，披着朝霞，闪着露珠，细碎的叶子，毛茸茸，嫩油油，裹着芬芳，扛着一捆艾蒿，分发在每个人的小手上。

"记得吧，这是《诗经》里的'一日不见，如隔三秋'，这是文学的一日和三秋，也是中国风俗的香蒿和艾叶，这是中华精神，是文化传承……"

"老师，能不能不要这么上纲上线呵？"

"不上纲上线，它也是中华大地上的一棵蒿！"

我想起远在大洋彼岸的枫给我的博客留言："老师呀，远出国门，在异国他乡，我最深切的体味，我是祖国的一棵蒿！端午节里，想念家乡的粽子和艾蒿……"

我回复："加州的超市里没有中国的粽子吗？去买来吃！"

枫回复："老师，买了，吃了，不是一个味儿。"

讲给现在的学生听，给他们说："不是老师煽情，有一天，你们也要长大，要是离开小城，离开这个地方，有你们想念家乡这把艾蒿的时候！"

采一把艾蒿回家，放一缕艾香在心上，你是中华一棵蒿，无论走到哪里的"端午"，"节日"都要快乐！

走一步，再走一步，轻轻拉住梦的手

> 理想是石，敲出星星之火
> 理想是火，点燃熄灭的灯
> 理想是灯，照亮夜行的路
> 理想是路，引你走到黎明
> ……

假期在一个辅导中心临时代课，"一对一"所辅导的那孩子吓了我一跳，他说看不懂上面这些句子。写作时，我帮他开思路，无意中问他："你的理想是什么？"

他没有告诉我，是老师，医生，航天员……或者说，是花，草，大树……

我听到过最慷慨豪迈的回答，是当英雄；我听过最卑微淡然的选择，是当在路边为英雄鼓掌的人；也有最实惠的答案，长大赚大钱；也有最虚幻的回答，做流浪的朵朵白云……

真的，还没有孩子告诉我，他没有理想。

我是传统教育的"传声筒",我僵化的思维,对这"不可理喻"的答案,莫名其妙,"虽口有百舌,不能名其一处"。愣住的我,终于回过神来,愚蠢地问孩子:"为什么?怎么会没有理想?"

"不为什么,就是没有理想。"孩子依然个性又另类地回答我。

思忖一下,我又试探:"来这里学习呢?这么高额的辅导费,你用它来做什么,来这里陪我聊天吗?"

"提高成绩。"他终于回答我。"是我妈强行给我报的,她让我提高成绩。"末了,他又补充。

"你自己不想吗?"

"想。"

我笑了,问他:"那能不能,把提高成绩当成你这个暑假的理想?"

他是一个诚实的孩子,只是眼神和神情有与年纪不相配的淡漠。

"再远一点的'想法'呢,有没有?"我不再敢用"理想"两个字。

"考上高中。"他说,"我爸说,考不上学,啥也不能想。"

我赶紧笑着夸他:"你不是没有理想,只是更现实,对吧?"

他不理我的话茬儿。

"还记得我们学过的课文《走一步,再走一步》吗?你是把理想分开来,一步、一步地去跨越,你才是行动的巨人!比那些夸夸其谈空想的人,踏实得多!"

他用疑惑的眼神看我,我分明看到,此时,他的黑眼睛,有了亮光。

他按我的要求写作文,写得符合要求,但是,行文没有文采,没有灵性。这是一个压抑感很重的好孩子,没有不良习气,没有出格的行为,他听话,也懂事,只是成绩不够好。

再次辅导的时候，他把作文交给我看，然后低头笑，很不好意思。

扫着作文，我问他："笑什么？"

"紧张！"他答。

"紧张什么？"

"不知道写得好不好，怕你说不好。"

我看到开头，他写："我是没有理想的，辅导老师帮我开发了我的理想，他还点燃起我的心……"

我惊诧地夸赞："真好！就是要写自己的感受。"

他不相信地看着我："真的哩，还是假的？"

我点着头："是真的，就是这样，这句子发自肺腑，是从你自己心里头流淌出来的，热乎乎的，真好！"

引导着，他写着："理想是种，长出嫩绿的芽；理想是芽，长成参天的树……"

他向我告假，要和妈妈去郑州找爸爸，一起参加"军歌嘹亮"八一晚会，我和他商量："可以少写点作业，不写也行，一家人好好聚聚……"

他打断我："没事，老师，多留点吧，我想多写！"

"那还写你的理想？"我笑着逗他。

"还写也行啊，老师，我也可以写得多了。"他答。

"那就跟爸爸谈谈，你不是没有理想，只是在寻找，一家人商量商量，怎么样才能很好地找到它，实现它吧？"

"还有呢？"

"还可以，让爸爸谈谈他的理想，古往今来，有名的人，没名的人，大家都有怎样的理想……"

他又交来一篇作文，题目是《五颜六色的支点》，他写道："人生是杠杆，理想是支点……"

我笑着夸他："不是没有理想，是理想太多了，眼花缭乱地在寻找……"

"老师，是你让我寻找的！"他感激地看我，我拍拍他年少的肩。

他清清的笑容向着我："老师，我真的能拉住梦的手吗？"

"走一步，再走一步！"——我给他说的，是教科书上的原话，书里的小孩，走下了悬崖，也走过人生坎坷，踏得荆棘成繁花……

我是背诵高手

坐在讲台上的孩子

新接的一个班,讲台上坐着一个孩子。

我提问他:"近水楼台先得月,请你给老师背诵《核舟记》第二段吧。"

他站起来了,却低着头,手摸着课本,不说话,也不背。

"不会吗?"我问。

他摇摇头。

"签字了吗?"

"没有。"

听到"没有",我不由得有些不悦,中途接班,我已开始把我的理念渗透给他们:"要学得轻松快乐,就要学得高效。"我布置的家庭作业极少,但必须按要求完成,否则,严惩不贷。

昨天的作业是把这课二三段背会,否则,抄写10遍。这是恐吓,也是策略。接班几天了，天天这样，他们轻松快乐地学，很有兴趣——因为作业少，因为不用写到半夜三更，他们甚至显露出感激的表情。不想，今天的背诵把他们卡在这里了。

我接着抽查，第二个同学不流利地背下来，第三个同学也背诵得丢三落四，她也没签字，想是没有背会，怎么签"会背"的字呢。

他不会背——全班罚默写10遍

与前几天的效果相比，今天显然很糟糕。

我轻轻地说："同学们，今天受罚，晚上回家每人罚默写10遍。"

一群孩子吓住了，不敢吭声，沉默一会儿，终于忍不住："老师，不公平，你提问的人正好都是平时不背诵的人。"

七嘴八舌地告诉我："李新鹏从来不背，他从来都是抄——"

"黄小莺也很少背书。"

"只有张春燕背，还背得慢。"

……

大家议论着，开始有孩子指着几个学生："老师，你提问他——提问她——"他们指的有语文课代表，我看到了。

我知道抽查"失真"了，思考了一下，对他们说："咱们是一个集体，我知道会背诵的人很多，可是正好抽查的三个人中，两个不会，其中一个一句也不会，那只好按约定——受罚。"

他们很多人都不服气，指着讲台上的孩子："老师，他从来都不背，同学两年了，他都没有背过一回课文。"纷纷给我说着。

我看这个讲台上的孩子，他怯怯地，看着我。我思忖一下，说："这样吧，大家写5遍，这两个没背的同学还是要默10遍。"

"老师，我们现在给组长背诵，谁不会谁再默写，好吗？"许多的眼神请求着。

处罚不是我的目标，学会才是目的。"这样吧，放学之前，背诵过关的，不写；不过关的必须写5遍。"我狠心地抿嘴，不再动摇。

他答应背诵一句

继续上课。

我发现讲台上的孩子开始抄写他的"10遍"，不再听讲。

我把课缩个结，留下几分钟，留给他们"过关"。整个教室的孩子认真地你背，我背，争着"过关"。

讲台上的孩子还在抄他的10遍，我凑近他："你为什么不背？"

"我背不会。"

"你背了没有？"

"我从来都不背，我都是抄。"

"你抄了，能记住吗？"

"不能。""你背过吗？"他耷拉着脑袋晃头顶。

我长吁一口气："你不是不会背，是你自己不背；你自己认为你背不会，你才背不会的。"我说着，看满屋的孩子小蜜蜂一样嗡嗡地背诵。

"你抄写累不累？"他点头。

"你看，你又累，又学不会，这有什么意义？你做了苦力，竟学不会，考试还得不到分数——"我摇着头。

我转一圈，还来找他："你背一段，行不行？"我盯着他的眼睛，他看我一眼，赶紧低下头去。"你不要写了，我想让你背。你背会了，多好，也不用累了，还学会了，还能考试得分。"我给他讲理。

我重复一遍，他心有所动，不写了，看着我："我不会……从来不会……"

"你背一句，肯定能背会，你背两句，肯定也能背会……"我感觉他的眼睛不明显地闪了一下。

"嗯……"他比蚊子的声音还细微。

我使劲地点头。他开始不写了，嘴巴轻轻动。

他决心完成背诵——解救同学们

等我再转到讲台上，就要下课了："会吗？"

"会好几句了！"他的声音，我已能听得到，我感觉他的自信的芽，那么纤微地钻出了一点。

我笑了："看，我说你能行吧！"

他依然低下头去。

"这样行吗？"我又和他商量，"你要是把两段都背会，全班同学就不用写5遍了，行吗？"

他不能答应，却流露出很想很想答应的样子。

"你要是认为晚上回家能背会，你放学之前去给语文课代表说——说，全班同学都不要写5遍了！她要问为什么，你就说，别管啦，反正老师不会批评大家！好吗？"

他轻微地一闪眼睛，我隐约看到眼里有一朵亮亮的花朵，他跃跃欲试了，那个心底里的芽芽，又往上蹿了一下。

下课铃声响起来，我给大家说"再见"。

走到门口，回头，再回头，我看到——讲台上的他，走到语文课代表那里去。我悄悄立了一下，远远看到，课代表兴奋的眼睛，围上来的几个孩子，眼睛也亮了。

"哦，耶！"

我听见他们的声音，在身后响起——我看见他的眼里，明白地一亮，什么亮了。

他说——我是背诵高手

我教到他们半学期的时候，举行期中考试，班里的平均成绩有提高，并没有突飞猛进，作文和阅读还得慢慢等火候呢，但是所有的同学都发誓："老师，背诵默写，我全得分了！"

讲台上的小男孩，他不说话，他把卷子伸进我眼里，指着——

"老师，没错！"

"老师，全对！"

知道吗？几个多月里，他把教学大纲要求的这一册所有应该背诵的诗文，全默背下来了。

没有谁说他是背诵高手，他却在期中考试的作文里，自己写：惊奇的事——我是背诵高手！

春天在哪里

给一个学生辅导作文,讲了"高屋建瓴"立意法,分析了例文:"你也写一篇吧,用这个方法。"我说。

"写什么呢?"

"就写春天在哪里吧,正好现在是春天。"

"那你说春天在哪里?"学生反问我。

我迷惑地看他一眼:"小朋友都会唱的《春天在哪里》,你没唱过,没听过?"

他直点头。

"对了,在树上,在眼里,在心上。"

"那我的春天在哪里?"

我耐心地再看他一眼:"你的春天还没来到呢。"

这是一个初中三年级的学生,有着小城独生子女养尊处优的一切物质和精神氛围。

"为啥你说我的春天还没来到?"

"你还小嘛,正在成长,正在发芽……"

"那啥时候我的春天才来到？"他打断我的话，问我。

"等你身体长大了，梦也开花了，理想实现了，给你妈娶了花媳妇了。"我笑着，指着他胸口，"其实，你心上一直都是春天，爸爸的爱、妈妈的疼、爷爷奶奶的娇、外公外婆的宠、老师同学的关心……春天一直在你心上。"

"噢，"他点头。"那我怎么'高屋建瓴'地写？"

"这些都可以写，也可以写杨利伟的微笑、航天员出舱的身姿，那是祖国的春天，还可以写世界的春天、历史的春天、人类的春天……从一枚树叶写起，写到人类的春天。"

身在春天的人，真的就迷失在春天里。诗人不是早就说了吗——"只缘身在此山中"啊。学生身在生活的社会的春天，他一时看不见，甚至，他还使劲地关注，追究地询问那并不多见的春天里偶尔嗡嗡的苍蝇问题；我也身在春天，教育的春天、时代的春天，可我也会惦记绩效工资发得快不快、多不多的问题。

好多时候，我们常常望着满树新叶、满林翠枝，呻吟，春天在哪里？

如果，冰天雪地里，寒风凛冽时，我们苦苦的眼睛，只要，只要看到地平线上，一芽、一缕灿烂，是不是，心就轰隆全暖了，眼神就一下甜丝丝的了。我想，是的，因为，我想到红军长征途中，那雪山上的一件夹衣，哪怕褴褛不堪；草地上的一根火柴，暖尽战士体温……我也想到，伊拉克的炮火，还有奥黛丽赫本怀抱过的皮包骨的非洲儿童……

真的，身在福中不知福，沐浴春风，花色满园，忘了春的暖、花的香，好像就嫌苍蝇臭了——只因春色太浓，春天太美。

唤醒——沉眠于春的明媚，沉醉于春的花香，沉溺于春的丽日里的，一颗心，颗颗心，春天啊，在每一寸肌肤、每一寸土地，每一回眸、每一呼吸，都是春的流芳。

"春天啊，春天，在这里！"我看到我的这位学生写道，"春天，在春天里，春天，更在每个人的心头。我立在春天的潮头，看到时代的明媚，春在当代，满园春色，春满华夏，溢满地球……"

我看得呵呵笑。春在少年，春满华夏；春在少年，地球村明媚。

一粒糖，两张纸

教了三年的学生，要毕业了。最后一次语文课上，给每人发一张作文纸。我亲自发，亲自收回来，内容形式我不限定，每个人随意发挥，任意而为。

收的时候，我不能看，当面看，他们要羞了。

他们折成不一样的形式交上来，有丹顶鹤的样子，一只大的，两只小的附在大鹤翅下，还有一点点小纸片，写一句："老师您是这母鹤，护佑我们成长！"我明白了，她把这一张纸撕开了，折叠成一只母鹤、两只小鹤，还余下片纸，写一行字。

我的课代表，这温驯稳妥的女孩子，特别踏实。三年来帮我做了不少事，是一个非常称职的小班干，曾经有一段她因什么事向我辞职。我接到字条，不理会，我知道不理会，也就过去了。她执着地找我："老师，您看到我给你写的信了没？"

我答："看到了。"不再理会。

她嗫嚅："老师，我不合适，让别人干吧……"

我摇摇头，认真地看她一眼："我认为你行，不要再找我了。"再不理她。

她尽职尽责，之后，也依然是那美好尽心尽力的课代表。她得过奖，受过委屈，有同学给的，也有我给的。三年了，这个宽厚善良的孩子会写什么呢？她交上来一只折叠的小船，小船上载着班上的每一个同学——她把所有同学的名字写进"船"里。这代表什么呢？同舟共济，患难与共，乘风破浪，勇往直前……可能这些意思都有吧。

交上小船的还有几个同学，他们表达了大体相同的意思，有的是几个好朋友在船上，有的是自己的人生航船，还有和亲人与共的……

那个被我批评最多的同学呢？是一位漂亮的女生，也许就跟她的"冤缘"深呢，无意中，因为我曾经两次抓到她的把柄，她"被反省"。第一次，她没记仇，好好地来了，我感觉到她对我的不记仇和依然如故，也很让我感动。改了还是好孩子，我心里头说。她的成绩上来了一段，作文有几回写得出其不意的好，我表扬了她。还有一段好笑的"轶事"，她在阅读练习书上写上"胡歌"，又写上自己的名字，我滑天下之大稽地批上："到底是胡歌的本子，还是YM的本子？"

她哭笑不得地从最后一排的座位上冲我喊："老师，这是我的本子！"

我居然大言不惭地问她："那你为什么写上别人的名字？"

她苦笑着弯下腰，好像笑得肚子痛，周围的同学也都笑翻。

"老师——老师——"终于，我才明白——再交上本子的时候，她在这边批注："胡歌是我偶像，我是YM！"

我翻着作业，不能自已地嘿嘿笑，心中叹OUT（落后）啦！再有一次让她反省，就是近两天的事，我收了她的手机，她追着我要，因有前科，有过相约，所以，我如约转手交给她的班主任管，不理她了。不想班主任明察秋毫，发现了她在看什么："你讲得天花乱坠她也听不进去，你来看看，她这里下载的是什么？"——令人诅咒的网络的那一面！她会写什么？这一次明显敌意了我了，懒得理我，正如她说："老师，我都进步了……"是啊，她是进步了，可是这乌七八糟的东西怪谁去。她把一张纸交上来："我爱胡歌，我是他忠实粉丝！"嗨，我想起蔡明演的那"幸福的泥点子"，咳，我可爱的又可怕的孩子！

另一个我的课代表，是一个聪慧能干又很有才情的女孩子，也是最早发表作品的一个。一开始有点不够努力认真，欣赏她的聪明机灵，也有意冷落过她一阵子，希望她能把心思都放在学习上。最近一年多来，她是越来越专心致志了，成绩也越来越好，好几次都考了语文的"尖"，不知最近怎么了，她的悒郁——我看到了，还孤僻了。来回走动的时候，我已看到，一张纸上，她只在角上写了"WYZ"——她的名字。空着纸又交给我，我明白，这张纸不空……至少，我记得，她努力学习的样子、进步的样子，初入班，裹着"裹脚布"的样子——练习跆拳道骨折了，还有她灵光闪现的文采和种种少年心事、少年心胸，他们怎样的心怀。

有一个女孩子写了"少年江湖老"，画了侠者的背影，还有斗笠；还有的写了词"湿了春光，弹指间"；还有写这，写那，写那，写这；读图时代，图还真不少，我此时才发现，孩子们中间藏龙卧虎，那么有创意地绘图。理性的男生，也是感性的，他们互相留签名、留祝福，写他们各自喜欢的歌词和句子。我由此窥见他们的"心大陆"……

这是一群内心如此丰富多彩的孩子，他们站在人生第一个站台上背对着我，我只看到他们的背影，心灵一角。我后悔，怎么不能在平时就多用些这样的方式去进行感情的交流和联络……我不能不对着自己承认，更多的时候，我只是把他们当成接收器，接收我要传授的知识。我虽然口口声声说不重视分数，其实，我一刻也没有放弃用分数来衡量他们。剥开成绩，他们是如此鲜活可爱！

发纸的时候，有孩子提议，应该对老师说"谢谢！"

他们几个孩子就对着我说："谢谢！"——这是那个在军训时候特意记住从制作室带出来一把自制的"大刀"的那个，不由得又让我想起那个LX，是他最终把大刀带回来，交给我。"给弟弟的。"他说。如今，不知道他在哪里就学？他是一个爱眨眼睛的瘦小的孩子，心性善良，只是成绩突出地"不好"，和他一样中途离开这个班的还有……希望他们"好"，一切好，什么都不错，不要错，至少——人生走不对，也千万千万不能"错"。

我祈祷——为所有的孩子！

第一张纸，唯一一位没写完的，就是KCJ，这个出众的女孩儿，我说："交吧，时间到了。"

她的情绪，我知道，这也是成长时期的正常反应。但我要提醒她："人生是直播，不能这么优柔寡断。"她交了，没表达完，有遗憾……

还有的问："老师，可以再给我一张纸吗？"

我说："不行。人生只有一次，人生也是有限。正面写不够写反面，再不够，自己看办，难道，我们还真能向天再要几百年？"

第一张的故事很多很多……

我发第二张纸，说："第一张纸你们做主，第二张纸，我来命题。"我在黑板上写下：

回首三年，三年回首

想索要纸张的人更多了："老师，三年啊，就一张纸？"

我点头。

我说："第二张纸，我不收，你来交。"

我坐下，在讲台上，想起来，三年前，第一次上课，我给他们每一个人发一粒糖，告诉他们语文课是甜蜜的。此时，他们一个一个走上来，交给我一张纸——三年……

我轻轻说："当年的一粒糖，化了，化成今天的两张纸……"

果然有孩子还记得："一粒糖的滋味，一点，一点，化在心上，很甜……两张纸，同样是人生，一张自主，一张命题。犹如人生，有主观，有客观；有内因，有外因；有人事，有天意……"

我给孩子们说："我发给每个人的纸尽量都是一样，不损，不缺。有缺角、有划痕、有折角的，我都筛选着留在一边了。"

有不少孩子在上面写，她要成为一个富翁，他要成为导演……交上来的纸，有的完整如初，有的皱皱巴巴……是不是，有谁，悄悄地换了一张？我数数，有两张没有交回来。

我也看到一张写："这个班不适合我。"那是个敏感的女生，端庄干净的样子，成绩一般没有什么毛病，只是上课小声说话。也许是真的不适合，但是要有一个自己相对适合的姿势，不然多么"遭罪"，这个环境对她来说，又是多么"罪过"。我也想到，一个心理测试图片，正眼看去，是一匹骏马，换一下角度，就是一只蟾蜍……

还有的孩子果真学着小品演员的噱头："此处删去一万字……""此处删去两万字……"我看得想笑，又不能笑。CY写了她的好多第一次："三年里，丢人的事太多了……"傻孩子，这都是些再正常不过的事啊……

他们一起要求我:"老师,你也要写,写三年回首!"

要不要每一个人写一句话,有说要,有说不要——要的是爱,不要的也是爱……

最后一个交上来的是JJJ,她是个秀气内敛的女生,她递给我一朵美丽的纸百合,我却闻到它是那么芬芳……

每一个孩子都有一句话,在三年里,我都放在时光的眼神里,你看到否,我的孩子?

下 糖 了

去幼儿园接儿子，出得门来。儿子说："下糖了，妈！"

我说："不是糖，是雪。"冷风吹着，我载着他匆匆往家赶。

第二天一早，打开院门拿东西，儿子还是说："妈，下糖了！你看这么多糖。"说着还用小手抓一把放在口里。

"不要吃，有细菌。"我忙阻止。儿子尝着"糖"，冲我笑。

吃过早饭，妹妹妍妍带着女儿妮妮来了，儿子又大声对她俩说："妍妍的妈妈，下糖了！姐姐，下糖了！"

妮妮弯腰搂着弟弟："那不是糖，是雪！"

然后姐弟俩一起去院子里，仔细辨认一番。

"学习"回来，刚6岁的妮妮开始笑话才3岁的弟弟："弟弟真笨啊，把雪说成糖。"

妹妹说："你小的时候，还不如弟弟呢，都把我说成'肝炎'了！"

"啊？太可怕了！"妮妮自己笑自己。

"你总是说，'小若妈妈是亲妈，妍妍是干妍妍'，有时候，一着急，掉个字，我就成'干妍'了。"

"还有一次吧,你在操场上冲着一位爷爷喊:'爷爷,你帮我把树上的太阳够下来吧。'爷爷说:'够不着。'你就说:'我回家给你搬个椅子就够着了,你等着啊。'"

"结果呢?"

"你又改主意了,说:'算了,等我老舅回来再够,老舅个子最高了。'然后,你就去撵'棉花糖'吃去了。"

"啊!小姨,姐姐吃什么啊?"儿子一脸虔诚地问。

"杨絮——杨树开的花,像棉花糖一样。你姐姐分不清楚,把它们当成同一种东西。"

"是不是就跟弟弟把雪当成糖一样?我那时候也是还小着哩。"

"是啊,你小时候的笑话可多着呢!现在你长大点了,不要总笑话弟弟。""好!弟弟,我不笑话你了。"

姐弟俩热闹地去院子里玩:"抓雪了!抓雪了!"儿子改口了。

母亲转身过来,问:"俩孩子干啥呢?"

"玩糖去了!"我和妹妹答,"外面下糖了"。

母亲睁大眼看看我们:"刚才讲一圈白讲了!"

"不白讲,孩子们那是不明白,我们这是童心。"妹妹嗔道。

"孩子们那才叫童趣,你们这叫糊涂。"母亲抢白。

"下糖了!""下雪了!""下雪了!""下糖了!"索性,我们跑出去和孩子们一起"童年"一下。

母亲站在门前笑了:"就是下糖了!看你们喜的,像回到了小时候!"

"嘭——"

我听见女儿的童音又开花了:"啊,下童话了!"

春天怎么是垃圾

儿子把一枚绿绿的小叶子放在我的手心里,他走开,我随手丢进垃圾篓。

一转身,儿子又回来了,看到他的小叶子跌坐在垃圾上,眉头一皱:"妈,你怎么把它扔了?"

"垃圾不扔了,还留着?"我随口说。

儿子的脸也皱巴巴了,带了哭腔:"妈,那是春天,我在幼儿园找到的春天啊!"

我一下愣住:"噢?"

"老师让我们找春天,我找到了,带给你,专门给你!你——"儿子委屈不已。

忙不迭地,我赶紧,又从垃圾篓里,把儿子的春天,给拾了回来。

"放在哪里呢?"

保不住,他一转身,我又扔掉。索性——

"儿子,那咱们把春天保存起来吧。"

"怎么保存呢?"儿子疑惑了。

我想起，大学时候，专门请教过生物系的老师如何制作标本。

于是，忙碌起来。一个步骤，一个步骤，儿子眼巴巴地看，时不时，也伸出小手帮点小忙和小"倒忙"。

终于，裱起来，儿子灿烂地笑。

第二天，到了幼儿园，他就在小朋友们跟前炫耀。小朋友们看着，裱得这么漂亮的春天，纷纷"围攻"我："阿姨，你也把我的春天，也这样，行吧？"

我妈说——我爸说——我奶奶说——我爷爷说——我的春天是垃圾，他（她）都给我扔掉了……孩子们你一言，我一语，讲述他们的春天遭受的"虐待"。

孩子们的老师也笑了，说："这些大人们啊，没有一点童心。"

老师对我说："你不如帮我教教孩子们，如何制作这样的标本。"

我想也没想，就和她约时间，把垃圾变成春天，保存起来，定格一颗颗童心，我太愿意啦。

阳光明媚的午后，我一丝不苟地教孩子们"保存春天"。看着他们认真的样儿，我知道，他们已经把春天保存在心里，也把童心储存在永远明媚的春光里。

家长们看到一个个春天的标本，目光里全是赞赏，抚着那一瓣花苞，摸着一芽嫩绿，一点红，一抹绿，大人和孩子，眼里、脸上，都是流光溢彩的样子。眼神里闪着光的，是春色，是青翠的一颗童心。

一位妈妈给我说："我太忙，总是忽略孩子的感受。"

一个爸爸说："是我们心上的垃圾太多，才把孩子们的春天当了垃圾。"

有个爷爷也检讨:"应该多和孩子换位思考。"旁边的一位奶奶附和:"孩子心上的宝,我们眼里的草,是我们太老,失了童心。"

是了,不要怪孩子,他们把绿叶青草当作春天,因为他们的心上尽是春光;大人们把红花绿叶当作垃圾,也不能怪我们心上充满垃圾。只是,我们真的已走过了人生的春光,也丢失了美好的那童心。

春天的美好,储存在心头,美好的童心,定格成日子的鸟语花香,我于是看到,花团锦簇的你!

让风跟着孩子跑

我似乎是个不怎么跟风的人。因为懒得,所以不屑。

可是今夏,我绝对是个跟风的人。

曾经啰唆地对人发表当妈妈的感言:"多好的脾气,也会变坏;多坏的脾气,也会变得极好。多有耐心,也会急;多没耐心,也耐心得不得了。"

我这口诀,今夏变为:"多不跟风的妈,因为孩子,变得跟风,而且热烈跟风,严重跟风。"

女儿该上小学了,随户口,可入L小学,随单位,可入T小学。

因L小学离家极近,她来去方便又快捷,适合我这样马大哈型的母亲,疏于管理,懒于接送。即使要接要送,一扭就到。我主意很简单很淡定:"女儿就读L小学,两年后弟弟跟进,两人一路,来来去去,不用接送。再说了,小学在哪上都一样。想想,我们这一代也没有择校这一说,干吗舍近求远,一天四趟跑T小学。"

主意拿定,"麻烦"也来了。

有孩子今年也入小学的同事们,互相询问,我一遍遍地说自己的主意和想法,甚至女儿幼儿园的同学家长也相问,皆是如此回答。

我回答后，他们亦会罗列自己的考虑和想法，谈自己的认识，以及听来的种种，随后坚定地补上一句："家长们的说法还是得听，就像咱们现在上的幼儿园，社会上口碑好，管理就是规范……"居然，我那些"有文化""有思想"不赶"时髦"的文化界新闻界朋友们也说："上T小学。"

一人说也罢了，两人说也无所谓，三人说我也没动摇……一群人都这样说，尤其是那种"你怎么会这样做"的眼神，反反复复地，凝视我，我的心开始微晃，我主意开始轻摇。索性，我也加入了同事们的考察大军，跟风地随着他们开始奔走在各个校园各有关人员之中去调研。师资、生源、班额、环境，等等。在实际调查工作中，因我心有所属，只看L之长，只看T之短，甚至以此之长比彼之短，其实客观地说，真的是各有所长。比较来去，我还是决定让孩子们上L小学，认为学习是自己的事，外因只能通过内因起作用，况且小学主要是习惯的养成。

可终究犹豫，居然和同事一起开始给孩子两边都报名，"脚踏两船"地不厚道起来。

正在我们奔波不已的时候，耀眼的太阳下，独自在家玩玩具、不肯跟我出来的儿子，居然用外祖母的手机拨通了我的电话。外祖母没在家，手机放在高处，而且从没教过他怎么拨我的号码，我很惊奇，问三岁半的儿子："谁教你给妈妈打电话的？"

"没有人教我，我自己看着会的。"

"怎么拿到手机的？"

"站到椅子上。"他不停地用电话催我回去，竟然告诉我，"我在铁门这儿等你哩！"

啊？我可是反锁了门的。

"我找到钥匙开的，妈，我锁住门了，我现在自己拿着钥匙在外边等着你呢。"

我一下子崩溃，这些我可都没教他！全都是他自己在选择啊。而且，也是他的行为才让我知道，原来门在外面反锁是同样可以用钥匙在里面打开的。

我感到自己再也不用瞎操心了，他们自然会长大，自然会主张。虽然我觉得，不跟风地跑来跑去就不像是当父母的，可我还是失败又惊奇地发现，父母的一切张罗都是徒劳，不是徒劳也会只是皮毛之效。毕竟，成长如同化学反应，实在是孩子们自己的事啊。

前两天，我和将上小学的女儿谈心，说："你要好好学习，得一次双百，奖励你一个愿望，要什么都可以。"

6岁的女儿居然定定地看着我，说："妈妈，我要智慧，你能给吗？"我一下怔住。

如此时，儿子的"胡作非为"又让我只会按部就班的脑子开始小爆炸。他们那么多的突发奇想岂是我辈能为之选择和把握的吗？

我不再把握，不再跟风，让风跟着他们跑吧。

女儿要我做好看的人

那日，我横眉怒目地在教训小儿，女儿不声不响地走过来，拉走弟弟。

然后，转过身来，对我说："我发现长得难看的人，都是喜好吵的人。"我一惊，问："谁告诉你的？"

7岁的女儿，气定神闲："我自己总结的。"

我又愣："你还看到谁吵人了？"

"丁丁的妈妈嘛，她那么厉害地吵丁丁，她长得多难看！"女儿说得有板有眼。

我有些哭笑不得。想想我那同事是挺难看的，总是扮演嫁不出去的七仙女，在年年的新年联欢会上，"嫁"了5年了，因为是"重重灾区"，今年依然"待字闺中"。

天啊，我的天！我有一种想赶紧去照照镜子的冲动。

"我也是这么难看吗？"我想掩饰什么似的，问女儿，语气不由得变得淑女一些。

"啊，你就跟她一样难看，就是那么难看。"女儿斩钉截铁地直言。

我不禁有些懵了。忘了追究小儿子，独自思量自己到底有多难看。

难看的人，谁愿意看呢？

女儿已经牵了弟弟的手，去她的房间。半晌他俩都不出来，我不禁反思又自省。

我严格地解剖自己：首先，长相也就是不怎么地；其次，天然灾害，后天，又不主动救灾；再次，天灾不救倒罢了，还自己又来雪上加霜！干吗那么凶呢？不知道，相由心生嘛。人活到25岁后就要自己对自己的相貌负责。最后，自己都徐娘半老成徐婆婆了，唉！我这是怎么了，郁闷成性，不是吼女儿，就是训儿子，难怪这俩小家伙，近期见我就躲，原来我是如此难看。

难看成这样，谁还愿意看？

不行，有志不在年高，我年高，更要有志。我痛下决心，不做难看的人。

"从今天起，妈妈要做好看的人。"我对着一双儿女宣布。

女儿将信将疑："妈妈，你能做得到吗？"

儿子也闪烁着目光："妈妈，你真不吵我和姐姐了？"

"啊！是！"我连连点头。

"耶！"儿子欢呼，似乎小鸟要飞上天。女儿却只瞥我一眼，忙她自己的贴图："妈妈，你只做不难看的人就够好看的了，不用做多么好看的人，我们就当你是漂亮亲妈。"然后，她咯咯笑。

漂亮妈妈当上当不上的，不好说，但是做一个不难看的妈，我对自己还是很有信心。

没想到，第二天我就遇到了挑战。

儿子把外祖母的眼镜不小心撞坏了，好贵的眼镜哩！我心疼，又愤怒，心花乱撞，直想吼儿子。

女儿察言观色地看我,我知道她在想什么,便忍住,给儿子讲道理,然后,又去修眼镜。

修好眼镜刚进门,却听外祖母问:"小兔子怎么牺牲了一只?"

"弟弟刚才把他拎起来甩着玩了。"女儿报告。

又是儿子,他一向手重,泥鳅都能攥成面条。

"是你——不是?"前面俩字在高音区,后俩字因为触到"好看"的宣言,又降在低音区。

……

一天下来,我不由得长舒一口气,正要睡去,女儿来到我跟前。

"妈妈,你还是做难看的人吧。"她满脸同情。

我说:"怎么了?"

"做好看的人,你太累了!不适合你。"女儿始终一脸同情。

那好看的人适合谁做?

"舅舅,舅妈,他们是好看的人,他们又是真的不生气。你明明生气,装成好看的人,也不像啊。感觉你可累,我看着你可累!"

啊?

"你还是做你难看的人吧,那样看着不好看,可是不觉得累。"女儿撂下这一句,跑回她的房间。

不行,我也要做一个从里到外都好看的人,做一个由衷的好看的人。我默默地在心里给自己制订方案。

第二天,女儿上学忘记戴红领巾,我由衷地没生气,因为女儿给我说,她有办法了。我不再唠叨,想着,这样锻炼了女儿的应对能力。

下午,儿子把刚买的气球放上了天,他急得直跳,我由衷地说:"别生气啊,孩子,气球到天上去找它的妈妈去了,快和它道再见!"于是,儿子和我一起,快乐地向气球说:"拜拜!"

几天过去了,几星期过去了,几个月过去了……儿女说,妈妈,你真的越来越好看哩。外祖母也说,你妈近来脸色润得像是上大学那会儿。先生也说,近来修炼得神清气爽。有段时候没见面的一个女友,停车问我:"最近练瑜伽了吧,看着不一样了!"

我高兴地笑了:"是啊,我练了心灵瑜伽。今年40,明年14。不妨你也练一练,做一个好看的人。你不要做好看的人吗?"

春暖花开读书天

花开了,春来了,读书节也到了。

"春来不是读书天,"小妹说,"这话不是我说的,是冯梦龙说的。"

"你怎么知道呢?"

"他编的《广笑府》里写着的'春来不是读书天,夏日炎炎正好眠。秋有蚊虫冬又冷,收拾书包待来年'。"

"那你还不是读书了,不读书你怎么知道这些个?"

小妹笑了:"我是怕读书,所以我就记得这首《怕读书》。"

"还是的嘛,怕读书才为读书找借口,其实春天最是读书的时候,马上读书日来了,带动孩子们一人备一本读,陪伴春光!"我提议。

"拉倒吧,春眠不觉晓,我要闻啼鸟。"弟弟接口。

"怪不得你到鸟市买一笼子鹦鹉回来,它叫你,你才起来啊。"我打趣他。

他却说:"此言差矣——"

我期待中:"'一年之计在于春',莫非你让鹦鹉叫你起床读书!"

"NO,NO,NO——'春眠不觉晓',我要听着鸟鸣睡大觉。"

"那你梦里的落花会更多,不知道风会不会吹你,雨会不会淋你?"

"'吹面不寒杨柳风',吹也是暖的;'沾衣不湿杏花雨',雨也是香的……"

呵呵,这些可都是书里头写的。

"那又怎样?"

"那你们还是在春天里读书了的。"

小妹和弟弟只是笑,狡辩着:"我们又没有说不读书,只是我们'怕读书'。"小妹说:"我们是在讲求'读书的艺术'——春天不是读书天,夏日炎炎正好眠。秋去冬来真迅速,收拾书包过新年。"

我知道,这是林语堂那个老头在他的《读书的艺术》里说的。看来,你们读书是假,天天收拾书包是真。

"是啊,我们就是在天天收拾书包的时候,顺便把那点知识也给收拾了,哪像你——"他俩又不屑地鄙夷我。

"我怎么了?"

"你没怎么——你活在书下——"弟弟阴阳怪气地。

我听见的却是另一句话:"死在言下。"——他是笑话我死读书,读死书。

我反击:"我是天天读书,顺便把春光给捡心上!"

"酸啊——"小妹做着鬼脸,"快走开,别让你们的小若妈把你俩也酸晕!"她拖着俩孩子要走。

"不,我喜欢我妈——"儿子说。外甥女也附和:"我也喜欢我小若妈。"

小妹和弟弟皱眉:"当心又要出两个书呆子!"

"我们读书，不当呆子。"两个孩子齐声抗议。

我和两个孩子一起准备参加学校的读书会。"我要向同学们推荐小学版的《逻辑狗》，这是我的推荐词——"儿子拿给我看。

外甥女已经开始脱稿演练："同学们，大家好！4月23日是世界读书日，我给大家介绍我最喜欢的一套百科丛书——《十万个为什么》……开卷有益，读书好处多，书籍是人类进步的阶梯，读史使人明智，读诗使人灵秀，数学使人周密，科学使人深刻，伦理学使人庄重，逻辑修辞之学使人善辩……在浩瀚的知识海洋上，散落着许多璀璨的明珠，你最喜欢哪一颗呢？"

我给两个孩子说："不要向妍妍的妈和舅舅学，他们是大人了，大人要在春天里读社会和人生出版的无字书。你看着他们在晒太阳、侃大山，其实，他们的心也在读书，在读春天的美好、生命的美丽……"孩子们似懂非懂地点点头，只管各自忙碌。

两个孩子趁着春光读书，有模有样，一身春锦绣，满脸花芬芳，眸光熠熠——是春的美好。春天啊春天，是最好的读书天！

我们的孩子，我们自己，又何尝不是一本书，一本一本书，自然规律、社会现象、人文环境、主观因素……成就一本一本书，成为一本一本书，如同春光和四季、人类和历史，谁是谁的一本书，谁成就了谁，谁执笔，谁创意？

我的摄影师

我不是"大牌",不是"大腕",可我也有自己的摄影师。

我的摄影师近两年取得让人惊喜的成绩,其拍我的照片,已经被省内外一些报刊登发出来。我很满意,他总是笑眯眯的,一副谦逊无比的模样。

我的摄影师今年在幼儿园上中班,他是我家儿子。

我的摄影师开始摄影,是从"玩"开始的,见我给他拍照完了,他就要抢我手中的数码照相机,不给就会做虎狼状"哇哇"叫地抗议,给了,就是一把口水一把尿泥儿地糟蹋我那相机。虽然他故作小心,还把相机提绳拴手腕子上:"妈妈这样就不掉了是不是?"分不清,他的意思是妈妈不掉地上,还是相机不掉地上。反正,我总是千小心,万小心,千万小心地一旁严密"护驾",为他护驾,实在是心惊肉跳地护驾我的相机。

一开始,他的水平那个"臭"啊,拍人从来不拍脸,要么天花板,要么屁股腿,要不是就拍你一个"鸡胸脯",还挂着一脸鼻涕地问你:"妈,看我都会拍了,你说我棒不棒?"真让我"齿冷"三天。

可是,有一天,我居然发现这个"恬不知耻"、拍摄水平也令人齿冷的摄影师,居然是可以救救急的。那一年的五一节,因为出境游被拒签了,我临时决定到大学的母校，没人愿意陪我去，他那工作狂的爹又要天天值班，儿子盯着我："妈，妈，我陪你去信阳，好不好？"一副对我很施舍的样子，我只好接受他的施舍，携他同行。

到了母校，不愿抵达就打扰恩师故友们的度假，想着在校园里提溜着心和回忆，先自己转着看看。发现母校变化好大啊，好多美景都想拍，可没人给我拍啊。于是，就让儿子当模特，拍摄好景，留下好影。可是可是，逛至我晨读的那片树林里，来到我曾经住过的306寝室门前，还有我当年坐下读书的课堂……我真的好想拍一张自己与往事的合成照片啊！

我求着儿子："也给妈妈拍一张好吗？"

"好哩！"他一副很仗义的样子，早忘记我厉声厉色不允许他摸我相机的"前嫌"。

站着，发现他拍出的我没有脑袋。唉，谁让他那么矮呢？有什么怪的，人家还没有上幼儿园！

只好蹲着，要么坐着，这样他拍出的我才是面目完整的，我的青春记忆也在他镜头下荡漾。好笑的是，等我再回过来给他拍的时候，他却也是坐着蹲着，坚决不肯再挺拔起他那不足一米的幼子之躯。

等到返回，看着我们母子俩一张张蹲着坐着的照片，他爹"笑得比哭还好看"！

可就是这一回的照片，有一张被我截下头像，传给广西的一个编辑，配我的散文发表在他们的杂志上，那编辑老师居然还打来电话询问："照片是谁拍的，要不要注明摄影作者的名字？"

电话这端我忍住不笑，谨答："不用不用。"

放下电话，儿子的爹却替儿子行使"监护权"："小心我们告你侵权！"

见到他拍的照片"出版"了，儿子当摄影师更有些理直气壮。冬天在海南的时候，他时时从爸爸手里夺下相机："我给妈妈照！""爸爸你也过去，我给你们照！"春天的三八节里，省一家行业报做一个女作者专栏，选文配照，我发过去的照片里，美女编辑偏就看上儿子在三亚的鹿回头山顶公园里帮我拍的一张。她说："这张端庄又安详，尤其是眼神，很温暖。"是了，看着儿子的眼眸照出的当然是这个样子，和孩子在一起，自然就神清气也爽的。这一次我有了经验，征求他们父子的意见："要不要署名权？"

父亲答："谁的作品谁做主！"

儿子答："妈妈不用了吧，我还会给你拍好多好多的好照片哩！"他夸张地挥着手，俨然一位摄影大师。

后来，我又发现，不知从何时起，儿子会不断地给我说："妈妈，你真好！"那是我做了什么他认为的"好事"或者说给了他和别人什么"恩典"。"妈妈，你真辛苦！""妈妈你真棒！"那是我左提右掂肩膀挎，采购一堆食物回家，或者是我摇摇晃晃往屋里搬运一袋子米。他也会问我："妈妈，你洗那么多衣服，你累不累？"他也会对着手机给爸爸说："我妈妈都快要累得不能动了，你怎么还光上班？快回来吧，我妈正在包饺子让我们吃！"晚上睡觉的时候，我随口一句："好累啊！"他会马上伸出小手："妈，我给你按摩！"……他给爸爸说他妈妈怎样怎样，他也会给小朋友们讲，他的妈妈怎样怎样，他也会模仿他的妈妈怎样怎样……我越来越清晰地知道，我的摄影师不仅用数码相机的镜头为我存照，而且时时在用心灵的镜头为我的一言一行立此存照啊！我不敢大意，更加谨言慎行，行正影端。

我的摄影师，他不仅举着数码相机为我拍照，而且，他的心灵，正在为我的灵魂摄像，他的成长，正在为我的行为跟踪留影。

我的摄影师，你拍摄着我，拍摄着我的生命，我则融入你的成长，投影你的人生。我会纯粹自己，配合你的拍摄，你呢？可不要放慢了求索的快门哟！

霸王龙的脚印

中午接儿子放学回家,他告诉我什么,又告诉我什么,坐在后车座上。

他又神秘地要给我说什么——我止住了他:"到家再说,好吗?"因为,他想要攀着后车座站起来哩。

耳边还是听到他在说:"恐龙化石""他的脚印""霸王龙"……

进得门来,他顾不上吃饭,终于向我说清——学校的操场上,上体育课的时候,他和他的同学们看到了恐龙化石,是霸王龙的脚骨,还有它的脚印,脚印很深。恐龙一定很重,因为脚印很深,很明显……但是,恐龙的头,我们没有看到……

他龙飞凤舞地讲着,我听着,听明白了,却还是将信将疑,其实是根本没信,却想象他所说的掺杂了他们想象力的那东西,是什么呢?肯定是有什么形似的,我不禁想知道,到底是什么?

接着,儿子又离谱地给我说:"妈,有块木头,那上面还有古人写的字,我们使劲看,我还记下来了,你看,是'王玉'两个字——"说着,他让我看他的小手心,果然是这两个字,还是红笔写的,他批改作业才舍得用的红笔写的。

我更奇怪了，心想，是什么呢，居然让这一帮小孩子在体育课上如此专注地"考古"又"考古"！个个仿佛都是金石专家似的。

"我也想去看看！"我毫不掩饰地对儿子说。

"妈，那可不行。"

"为什么？"

"我们学校不让外人进去。"

"我就说，我找李老师的，你们学校好多老师都认识我呀。"

"那也不行，妈，你去了也看不见。"他为难的样子，继续说，"因为你戴着眼镜。"

"那我摘了眼镜……"

"那你更看不见了。"

"为什么呢？"

"因为大人都看不见，只有小孩子才能看见。"他果断地说。

"是不是没有啊？你编着蒙我？"

"不是，妈，真的，真的有，但你们大人就是可能看不见——因为小孩灵活，大人不灵活……"儿子动脑筋地想着词。

他终于开始吃午饭。饭桌上把家族里所有人都排除了一遍，唯有"妍妍的妈妈"——他的姨妈——"妍妍的妈妈可能看到，因为，她总是和我们小孩子一起玩，她的心和小孩的有点一样，可能有点灵活吧……"6岁多点的儿子推测着。

我终于明白，他说的"灵活"，其实就是"童心""意趣"吧；他说的"灵活"，就是不戴我这样的近视镜，也不戴所有成人世界的有色或无色的眼镜——那得是一双纯真的眼睛。

我明白了儿子的说法，便不再追索。可是送他到校门口的时候，我禁不住踮足向里面张望，儿子忽然回头，给我说："妈妈，要不我下课去看能不能抠掉一块恐龙化石，给你看吧？"

我正想要摇头，他又想起什么来了，说："对了，妈，那石头可硬了，抠不动，不过，我试试吧——妈，你是不是特想看见恐龙的脚印？"

我赶紧摇头："不用了，孩子，你专心上课，妈妈不用看。你说了，妈妈就知道了，不用看了。"

他小小的身影，走进校门去。我却转不动身离去，好想悄悄走进校园，看那块刚施工过的操场上是不是真的有恐龙化石出土。

春风里仰脸想一想，还是保留下那份神秘吧，让恐龙在心上留着一双小脚印吧。

我骑车离去。

那恐龙，本是孩子的童心，我纵有童心，也已远离，也已蒙尘。那童心的转动——正如儿子所说，不再"灵活"。不灵动的红尘心，怎么看得见红尘里的灵动，以及那灵动的恐龙脚印和脚骨？

林克的小纸条

林克的妈妈怎么也没有想到，林克会在这么小的时候就收到了小纸条。

林克的妈妈是一位中学教师，当班主任的她，处理过一些早恋迹象，解决过某些早恋难题，也解答过"早恋疑难杂症"。

虽然专家学者，出于爱护，或淡化，或科学维护，曾把早恋称之为"交往过密"，但是，它实际上指的就是这种人们俗称的早恋现象。

林克妈妈一向反对武断粗暴地对待青春期成长中正常的这种情感萌动。她引导，她疏导，她也防患于未然，她以为那是正常的成长景象。如果长大，不产生那感觉、那情感，那岂不是也是一个问题少年？只是应该正确对待，科学规范，合理规划。她常用这几个词给早恋的学生做心理咨询服务，春风化雨的调解。她的学生中早恋现象是常有的，但是都是船过水无痕地过了青春期的河，上了好好学习的岸。她很欣慰自己在这个早恋事件频频发难、屡屡现眼的青少年早恋并发征的时期，她的学生没有出现问题和意外现象。

春日的一个晚上，正在写家庭作业的儿子林克，递给她一张纸："妈，给你，这是史小祺给我写的信。"

然后，儿子依然写他的作业。

接过字条的林克妈妈吃惊又震慑，字条上的女生写着名字、写着班级、写着学号，如同交作业一样，样样不落，写得认真。她还没学会写儿子的名字，"克"字是用注音写的，字条间也多是注音。一上来就是《爱情买卖》里的句子，还有"你太狠心了""我的心都碎了"这样的字句，林克妈妈看得呆了眼。

她故作无事，她在思忖：是什么让小学一年级的孩子们这样做？

儿子刚过6岁，小女孩顶多7岁。林克妈妈想到大街小巷流行播放的《爱情买卖》，她也想到是不是女人在跟男人理论时常说的那"狠心"那"心碎"，被小女孩滥用在这里。这种挪用大人不知道，小孩子也未必懂得是什么意思。林克妈妈还想到了喜羊羊和灰太狼，灰太狼会对红太狼说："老婆，亲一个。"林克妈妈想到，有一天看到学生的字条，末一句就是这样的一句。她可以委婉地支走学生们心上的早恋，却不知道，应该怎么对待连道理都没法明白的儿子，和他的字条。

林克妈妈不想多纠缠，她只想淡化，她想着"淡化"，看着儿子，她说："太近了，把头抬起来。"

停一会儿，林克的眼睛又快要趴在作业本上了："嗨，抬头！"林克又把头抬起来。

妈妈还是忍不住，问一句："林克，纸上写的什么，你看没有？"

"什么纸条？"儿子已经忘记，"哦，我都没有看两眼。"林克答一句，只顾低头写作业。

林克妈妈相信，儿子的耐心和读句子的水平有限，他可能根本读不成句，因为小女孩还写错了几个拼音，以林克的水平是辨别不出来的，那句子也就无从读懂，况且那是歌词，林克没有关注过这首歌。

"头又低下来啦！"林克妈妈说，"林克，你能答应妈妈两件事吗？"

林克点头："什么事？妈。"林克抬眼望着妈妈。

"第一，写作业姿势要正确，保护眼睛；第二，以后不要和同学们写纸条，没有意义。"

林克点头，答应，然后又补充说："妈妈，第二个，可以做到；第一个，我不一定能做到。"

林克妈妈暗暗一笑，其实妈妈是裹着第二个目的，要求第一个要做到的啊："孩子，两个都做到吧，妈妈请求的事，就这两样。"

儿子还是犹豫："妈，我会忘记，会不知道就趴下去了。"儿子的心还在第一个要求上盘旋，林克妈妈明白儿子答应的都会做到，这是以往的经验。林克说过："妈，我答应过的事，都会做到。"有一次，儿子面对妈妈的怀疑声明道。林克妈妈一回忆，还真是的，凡是林克答应做的，都做到了。

这一次妈妈也相信林克的话。妈妈也知道，幼小的孩子们并不知道得太多。可是他们还是懂得太多了——林克妈妈想。难道要把孩子们放进真空的教室里，走出教室，他们就走进社会？

同事东东的女儿，4岁了，前两天口口声声喊着："生活太没有意思了，让我嫁了吧，现在就嫁给川川吧。"川川是她的好朋友，同样4岁。这样的表达哪里来的呢？模仿秀？是秀，还是模仿？

过了一段时间，林克妈妈细心观察与旁敲侧击并用，她放心地鉴定，林克没有再写过，也没有再收到小纸条。

可是，有一天，林克趴在妈妈的耳朵边说："妈，给你说一个秘密，你不要给任何一个人说——"妈妈点头。

林克说:"妈,我今天亲史小祺了,史小祺也亲我了——"林克黑乎乎的小手指着花猫一样的脸。

妈妈想着林克的小纸条和这小秘密一样,都会成为成长中的小秘密,就像吹拂庄稼的一阵风,风自会过去,庄稼自会成熟。

成长的过程中,在什么时候,谁都有过怎样的小纸条?多少个大人们小时候曾经"过家家",小纸条多么像过家家时候的那"抬花轿"。

拿钥匙的小男孩

和我一样站在小学校门口等着接孩子的同事,眼尖地对我说:"你家的孩子出来啦!"

我忙迎上去:"怎么还戴一把钥匙?"同事扒拉着儿子脖颈间的钥匙。

"嗨。"我笑笑,摇头。

午饭后,儿子就吵着要上学去。正好出公差路过河南回家来的弟弟很奇怪:"小易,你这么早都要去学校做什么?"

儿子答:"我拿着班里的钥匙,要早去开门。"弟弟看看小外甥没言语。

第二天,早晨刚起,儿子就在拉着脸,怪我叫他起来晚了。早饭后也才7:10,他快要哭了:"晚了,晚了!"他跺着脚,叫不停。

我慌里慌张地:"你自己的事,自己操心,我只管送你。到点你不叫我,我哪知道。"

看我们母子斗嘴,弟弟和妈妈也在附和我:"小易,你不要再拿钥匙了,有什么用呢?"

"你是给你妈妈拿一把钥匙,还嫌你妈不够累吗?"孩子的外祖母在埋怨孩子。

中午又放学回来，弟弟就在给儿子做工作："小易，你想想，你拿着钥匙，早去10分钟，别的小朋友们可以在这10分钟读书学习，别的小朋友们的妈妈可以在这10分钟好好吃饭，你却不能，你损失了10分钟的读书时间，你的妈妈损失了10分钟的吃饭时间。一天一天，天天如此，别的小朋友们学习会越来越好，别的小朋友们的妈妈的身体也会越来越好，而你呢？少学的知识会越来越多，你的妈妈不能好好吃饭，她的身体会越来越不好——结果是，你的学习不好了，你的妈妈身体也会不好了，谁去接你呢？学习不好的孩子，拿把钥匙更是没有什么用了。"

儿子听着，不说话，最后，很恼怒地说："我好不容易争取到的，就拿一学期，行了吧！"

我在网上查一个资料，儿子又在狠狠地催促："晚了呀，晚了呀，快点吧，快点吧，妈！妈！"

他气急败坏地先出门去，又嫌我磨蹭，返回来："你这样的妈妈，不爱我！"

我本能地说："妈妈怎么不爱你了？妈妈爱你！"

"不爱就是不爱，你不支持我的事情，光管你自己的事情。"儿子大声疾呼。

我急忙推开电动车："跑到40码。"儿子指示我。

快快地送了儿子，带着我的笔记本电脑，来到近日常常去写作的德克士，却按不动键盘。

生活匆忙得头晕目眩的我，总是想儿子出门前喊的那句话——"你不爱我""你不支持我"。也许，小小的孩子说得有道理。

我看到德克士里打工的小伙子，他的服务在这层最高处，一上午都没有几个人，只有我一个"坚守者"，他却一刻不闲地擦桌擦椅。没有人来，鲜有人坐，他还是一遍遍擦拭。在一个风沙弥漫的早晨，我还看到过他的妈妈——显然是他的妈妈，追在后面给他送早餐："别把胃饿坏了，喝了这奶，这是妈妈跑到城北村上打的，没有腐蚀剂……"

"妈，是防腐剂，不知道，别乱说。"我听见那儿子小声说那头发花白的妇人。

小伙子吃了一块饼，喝了奶，那妈妈才恋恋不舍地走了。

我心上叹息，那母亲的痴诚，那小伙子工作的无聊。

这一天，我听到小伙子跟同伴聊天："我哪会迟到，我这工作，我妈比我操心，定了闹钟，还不停地催……哪会迟到！好像我的事就是天大的事……"小伙子给伙伴说着，认真地擦桌椅，一下，一下……桌椅板凳很明亮，我的心也渐渐明亮——

明净的桌椅板凳上，我看到自己心上的尘……

回到家里，我给弟弟和妈妈说："算了，小易愿意拿钥匙就支持他吧！"

弟弟和妈妈很奇怪，望着我。

"这种事情遗传——"我笑着讲，"我小时候，不也是喜欢拿着班里的钥匙吗？妈妈总是做完早饭，把豆浆给我在风里吹着，为了凉得快点，为了我能最早到学校，去开门！"

弟弟也笑了："也是呢，不能用大人的眼光来看孩子的喜好，我小时候也是哈——我喜欢吹哨子，总是费了好大的劲，天天课间操吹哨子领操……也怪傻的哈！"

妈妈笑着点头："也是呢，这世界又轮回来了，孩儿愿意拿，就别说啥了，支持他就是啦！"妈妈补充着剖开自己的私心，"我不想让他拿，主要是心疼你姐太累。"

先生一旁说："这哪里是傻，是认真，是责任，是忠诚，是执着，这种傻很重要。"

"是啊，什么也别说了，支持就是最大的爱。他会在这样的爱里成长，越来越像一个人。"弟弟又在调侃他这次回家的新发现，"发现小易不像一个小孩子了，越长越像一个人了！"

儿子不明就里，追着舅舅话里的歧义连连发问："我越来越像谁了？"

弟弟就一遍遍地逗他："小易你越来越像一个人。"

"嘿嘿，"我笑，给他揭谜，"你舅舅是说，你长大了，越来越像一个大人！"

晚饭后，弟弟看着儿子认真地说："小易，你管好班里的钥匙，也管好自己的学习，你就是一个优秀的人，会更像一个人的。"

儿子乐呵呵地蹦："你们让我拿钥匙，不反对啦？"

我、弟弟、妈妈、先生，站成一排，对着儿子："我们一起支持你，管好钥匙！"

多年以后，6岁的儿子今天要执拗着管理好的这一把钥匙，会变作什么呢？它会不变通地留在他的血液和脉络里吗？

作为妈妈，我想起艾瑞克·弗洛姆《爱的艺术》里面的话："母爱就其本质来说是无条件的。母亲热爱新生儿，并不是因为孩子满足了她的什么特殊愿望，符合她的想象，而是因为这是她生的孩子。"为人父母的我们不妨记得，孩子求诸父母的，不是人生舞台上挑剔的眼神和冰冷的记分牌，而是走下舞台时无条件拥抱他们的臂弯。

　　拿钥匙，擦桌椅，好像没能创造出超乎想象力的价值，但就个体来讲，它已是孩子最大的创造，不妨支持他。支持他，成全他，他拥抱世界的自信便饱满。我是这样想的。

小星星飘满屋

天气炎炎,我的心情也有点冒热气出燥汗哩,对着电脑敲打,敲敲打打,敲打得心也坐不定了。"叮咚,叮叮咚咚……"客厅里幽静清凉的音乐传来。旋律里,小星星飘满了屋,清凉也飘到我心上。

我惊讶地发现,9岁的女儿,古筝刚学习了月余,已会弹奏这么多的曲目。从练习曲一、二、三、四到《春天到》《小星星》《北京的金山上》……都弹奏得有模有样。

女儿的琴声,让我燥热的心感受到一片清凉。

1

在女儿小的时候,我曾经带她去学民族舞,只因我认识那个美女老师,只因我听这个那个说,她教得好。我把女儿送去,就为感染艺术,熏陶舞蹈的美丽,我也真的没想着把她学成个舞蹈家,练练形体,修修气质,这个用心还是有的——可她不喜欢学。

又哄又拽地学了一个暑假,终于嫌双肩太疼,等等,坚决请辞,再也不去。虽然我把巴掌扬得老高，虽然我做河东狮子吼，虽然我缴了半年的学费而她只学两个半月——我只好作罢，也只能"只好作罢"。

沉默的情怀里，很是埋怨女儿不懂事，不领情，先生从来"袒护"——不学就不学，孩子不想学，干吗要强迫！

因她爹，女儿仗势得很，不学这个不学那个，眼瞅着，人家小孩子学这个学那个，个个学得小人精一样；看着别家孩子，跑得不亦乐乎，从这个班到那个班，我们家这个，只在家乱画——说是喜欢画画，却从不答应去画画班。我清闲得失落着，想着我家这丫头，不肯起跑，可咋办呢？

看着她画画，有一下、没一下，东一抹、西一涂，自称"神笔公主"。我却笑得齿冷，整个不学无术，荒废童年大好时光。

可人家爹说了："童年只有一个，我闺女的童年就是用来玩的。开心的童年，是一辈子快乐的源头。"

一天，发现女儿的创意帖子里，她的创意也的确令我瞠目了，会生雨水的小鸟——她看到四川震区缺少水，自告奋勇画了好多飞鸟，它们的身上会自动生成一层层雨水，供水问题就这样解决了。

她还画了《垃圾筒里的新闻宣布会》，宣布外星人的模样，宣布航天飞船带来的天河汉堡包多么美味，还宣布了外祖母会跟乌龟一样活上一万年，旁有小注"千年王八万年龟"……

东画西画的，乱贴乱画——我们家的白墙壁多亏不在大街上，否则城管早来清理了。

"画画是我的快乐。"她说。

"她画她愿意。"她爹说。

我只好也说："爱咋的，就咋的！"我管不了，就不管了。

有同事劝解我："有一本书就叫《不要管孩子》……"还给我详细讲述其中的理念，我听得然然诺诺，一个劲地点头，再点头。

先生说了："女儿你愿意做什么就做什么，不用听你妈的去上这个班那个班，爸爸还不需要你去'上班'哩。"先生说最后一句话的时候，一双老眼睛、一双小眼睛都朝我看。

"看，看——看什么！非常教育法，你爹非得把你消磨在起跑线上不可，什么才也成不了。"我气急败坏地吼。

"吼什么吼，我女儿要先成人，再说成才的事；成不了才没得关系，得要身体健康、心理平和——我闺女成为和谐的人，比啥都重要！"先生慢条斯理地说，却字字掷地有声，"什么输在起跑线上，我看是要把小孩子累傻在起跑线上……"

哇，他，他们有理了！

2

不过，说也怪了，上学之后，发现女儿倒也不比那些提前上了"学前班""拼音班""识字班"等这班那班的同学差。老师说："她没学过，对什么都很新奇，也很认真，有的孩子学过反倒以为都会了，其实也不一定。"

业余兴趣小组里，她的画还被夸为："很灵活，总有自己的特色和想法，不像其他孩子，一看就知道是教出来的固定模式……"

考试吧，她居然还考什么双百分了——这是我也不期望的事，没必要第一啊，第一多脆弱啊，咱是个二三四五六七的多好，人家不是说了，连香港大学都懒得要咱内地的状元嘛。想想也罢了,女儿不费什么劲,又得第一了,还天天昏天黑地玩着,我倒也认了,从此也不再叨喝她上这个班、那个班了。

"随便你们,顺其自然。"

他俩一听到这话,一起跑到我跟前,山呼:

"明白人!"

"明白的妈!"

我哭笑不得,拿着银子,自己潇洒去。上街买一堆花裙子:"不能白活,我也想干吗就干吗——我想买裙子,就买花裙子。"我以为他俩会提个意见,闹个不平什么的。

谁知女儿把我的花裙子,还有穿着花裙子的样子——画下来,又开了个《垃圾筒新闻宣布会》——穿裙子的妈妈越来越花。

我暴怒:"什么花,强烈抗议,措辞不当!"

先生一边爆笑:"什么都不花,只心情花——女儿什么来着?"

两个人还一唱一和。"心花怒放,心光明媚,心上花开,心上一片明月光,心上花——我妈'春'着呢,我妈'鲜'着呢……"

女儿的"垃圾筒"一派"新闻宣布",把我宣布得那个——花,花枝又摇又颤得,啊呀,我夺路而奔。

3

正巧女儿的班主任打电话:"问问你家怎么教育孩子的,别的孩子都羡慕她从来不报班。"我说,别提了,我是被逼无奈,这是失败的经验，我寡不敌众，我在家没有发言权，才导致我女儿荒唐地荒废了童年时光的……

"啊？！"女儿的班主任大惊，"可是家长们想听你讲讲经验？"

我说："哪有经验，是失败的经验，是做不了主的无奈，我得听孩子的，她说报就报，她说不报就不报……"

她却说："要不然你就讲讲这个吧，这对整天就知道给孩子们报班的家长说不定是最好的经验。"

"啊？！"轮到我哑口无言了。

"就这么定了。"班主任说，"暑期家长会你准备发言。"

我烦啊，我写不出来经验——女儿不听话，先生不听话，谁也不听这个家庭主妇的话，我主的什么妇，明明是家奴。

我在电脑上敲打，怎么也敲打不出经验之谈。

"妈妈，怎么样，有思路了吗，我都给你弹了这么多美妙的曲子了？"

我瞪她："都是你和你爹，不听我的话。"

"我不是听你的话了嘛，报了古筝班、英语班……"

我瞥女儿："那是你听我的话？明明是你自己要报的！"

女儿一乐："那你就跟人家讲你怎么听女儿的话，如何？"

我一愣，也对呀，正面的讲不来，那就反弹琵琶。

外出的先生打来电话。"好好想想，讲吧，给你一个血泪痛诉的机会。"先生坏笑着挂掉电话，"讲讲你怎么听从女儿的话！"

女儿说："妈，我给你伴奏，你写吧——"

叮咚，叮咚，叮叮咚咚，优美的旋律响着，满屋充满"小星星"的妙音。

我的心上一层一层凉爽铺下来，躁不再，热不再，清爽爽得，跟小星星一样——明净、欢快、悠闲、自在。

神清气爽里，我开始写了。去年开始，女儿自愿学习拉丁舞，学习英语口语，学习古筝——虽然学得晚，但是学得轻松愉快，学得叫她"别去了，歇歇吧"，她总是坚决拒绝。

因为喜欢，所以热爱。"热爱是发动机！"我真的把女儿说的话全写上。

4

不到时候不开花，拔苗助长是没用的，反倒会把小孩子的兴趣和热爱都破坏掉。

不是吗？同事5岁的小女儿也在学古筝，学几个月了，还在磕巴着第一首曲子，同事又是抄谱子，又是缠指甲，又是拎水壶的，还动不动地指责孩子到自己的脸涨红！

同事牢骚满腹："她学还是我学？我早都会了，她还不会。怎么办，孩子就是不要去，打也打不去了……"

大几岁的孩子真的不一样，我家女儿也许是自己愿意学的吧，从没让我当过"后勤大拿"，也没让我当她的"学习助理"，她自己记谱，自己操心，自己去练琴。因为近，根本也用不着我接来接去，她练琴练得专注用心，津津有味，乐在其中："忘了现在是夏天！"她笑眯眯地说，"我满心都是小星星！"她抚琴弹奏她最喜欢的《小星星》。

也是嘞，记得我曾经见到苗圃里的老园丁指着满园花朵说："看，时候到了，花儿就开了，这是多自然的事啊。大自然的规律，不能违背哩。"

美丽的乐音里，我终于明白，小星星喜欢飘满屋子时，自然就飘满屋子，屋子挡不住。

会变魔术的书包

女儿上小学一年级，上学的第二天，她自怜自惜地说："妈，小学校不加餐，我好饿啊！"她说着把一盒蘑菇力放进小书包。

我知道小学老师允许他们保留幼儿园的"习性"，便默允了。

谁知中午去接她的时候，本想她吃了喝了，会有好神情给我，却远远地就见她把小脸板着。

也不言语，坐上我的摩托车，一路不言语，我以为她犯错误被老师批评了，谁知她掉下泪来："妈，我的蘑菇力被人拿走吃了。"

我看着她，不声响，给她擦眼泪。"我就吃了几颗，还多着呢！就被人偷走吃了。我去厕所了，回去就没有了。"女儿断断续续地讲述。

我一下子感到好笑，想着会是哪个小馋猫。

安慰女儿，我知道在她心里，不是为一盒蘑菇力伤心，她可能感到委屈和窝囊。

我说："没关系，在幼儿园不都是有好吃的大家分享嘛！"

安慰一下，女儿并不小气，便不再流泪。我又说："看你的书包多好，居然会变魔术！"我拍着她的粉色小书包，又摇一摇，"你这会变魔术的书包,把妮妮的好吃的变到哪里去了?"我放在耳朵上一听,"噢,知道了!"

女儿睁大了眼睛望着我。

"妮妮啊,它说就是给小朋友吃了,因为那个小朋友太想太想吃了!那就让人家吃了吧,家里还有一盒,你现在吃好吗?"女儿看着我表演,安安静静地,一会儿,平静地开始写作业了。

在家里,只提及过一回,那是因为要交代女儿:"你要是想吃别人的东西,可要经过人家允许,不然心里头会长尾巴的!"

女儿点头。"不给人家说人家不知道怎么回事,就会伤心。"女儿联系自己说道。

"是啊,不经允许拿人家东西是不对的。"我一直觉得好笑,想着拿蘑菇力的会是一个淘气点的小男孩。

随后,就再没提了。

一个中午,我载了女儿急急地赶着回家做饭,后座上的女儿叫着我:"妈,我的书包真的会变魔术,不知道谁在我的书包里放进一盒漂亮的小贴画,可漂亮啦!"

我真的笑了,像是听到一个美丽的童话。

心里想,会是谁呢?

到家,女儿就取出盒子让我看。啊,好漂亮的小盒子,是印着"幸运草"字样的小首饰盒,里面放满了好看的小贴画,那可都是孩子们的爱物哟!这一刻,我和女儿一起猜测:"肯定是拿走你蘑菇力的那个同学!"

女儿也点头:"可能是吧。"

我说:"肯定是个小女孩!看,多精致的小盒子,又做得这么小心含蓄的！"

女儿笑笑，脸上也有"幸运草"一样的神秘和美好。

女儿美美地写作业，美美地去上下午的课。

傍晚，我又接她去，她甜蜜地笑着。"妈妈，太可爱啦！"进得家门，她就给我讲，"妈妈，我知道是谁了，她下午找我道歉了，请我原谅。"

"你怎么说的？"

"我说没关系，我要把小盒子还给她，她不要，还坚持又送我一把小尺子，你看，多透明多漂亮的尺子啊！"

我听得喜悦，为着孩子们，心里在叹："多漂亮多透明的童心啊！"

没有多说，其实我的心里还赞叹小女孩背后的家长，该是一位教育有方的母亲，有着一颗美丽的心！我想到小盒子上的三个字"幸运草"。有了这样的家长，这小女孩也该是一棵幸运草呢！

慢慢，女儿和小女孩成了好朋友。

女儿说："我的书包真奇妙，给我变出一位好朋友！"

举着幸运草的小女孩是不会走失的！好可爱的幸运草，长在心上，长在灵魂里，会开美丽的花，会唱优美的歌，会长成高大正直的树！——我听见会变魔术的书包这样说。

让这样的幸运草的芬芳布满童心的山冈，照亮每一双前行的小脚丫！

处处飞花的童心

孩子的创意有很多,有一天,他边忙碌着他的"创意",边扭脸对我说:"妈,你写写'孩子的创意'呗。"

我一愣,恍然明白,他"创意"了许多,我好像从来没有夸过他。

他的大圣玩具,玩得像大圣一样,小伙伴很羡慕,我没有以为然过。玩嘛,谁还不会啦。他的百变魔尺真的百变,在操场上,自己炫啊,闭上眼睛变花样,一会球儿,一会枪,一会乌龟,一会蛇,各种各样的花朵花瓣也变个不停,除了图纸上有的,还自己发明创造。老奶奶最惊异,视为神童,小朋友也来请教,这个那个的怎么变……他确实会玩。

单位大合唱,一位同事听到他在操场上背乘法口诀,当场考考他,幼儿园中班的他脱口而答,脱不了口的,人家深思着,一会也答出来了,正确!知道他是怎么算出来的吗?在大家你一言我一语的侃大山中,他用加法算出来的——你以为他真会背口诀呀,其实,只会到三或者四的口诀,余下的人家加法"侍候",照样答对。呵呵!同事笑着表扬他,他愈发来劲,迷上"神奇的印度数学"……

不想培养神童,也为保护他的眼睛,我让他少看书——去运动,他骑独轮车，也花样多，冲啊冲，还带人冲，这里那里，都是他杂耍的快乐；实在不行了，捡拾一堆大头棍，居然对着我炮轰，原来他支成一座大炮的形状，俨然真的；还有了，要不玩游戏，拔了一根草，说是大地的钥匙，可以打开操场的春天，让草坪绿，让花儿开，让枇杷树结满金黄色的果子；和姐姐商量，搬个板凳站上去钩月亮，"看那朵云被咬掉一口"；两脚一前一后一叉"看，这只脚想去湛河哩，这只脚想去姐姐家玩积木"；强行让他睡午觉，他悄悄起床，还把我的鞋子藏起来；他要关灯够不着，举着一本书去拍，"啪"的一声关掉了；冬天落雪了，他一见我就喊："妈，下糖了。"夏天花蔫了，他拿包人丹撒进去："给花儿解暑。"

……

他的创意还有什么呢？给外祖母按摩，给爸爸拿拖鞋，客气地给我说："妈，需要帮忙吗？"赶紧接住我提的东西："妈，你真能干！"

面对我的责难："妈，你发脾气，我也会脾气不好的，以后我也会这样对我的孩子，我的孩子也会发脾气对他的孩子。"

他也讲理："妈，什么最重要啊？"

"生命最重要，妈，你还是让我吃一个冰淇淋吧，我想吃得要命！"

……

他把小碗在扣头上："看，小王子。"

他把黑色的笔袋掰开扣头上："看，汉武大帝。"

他一揣手，一根绳子，绕来绕去，一扯，拉平了："嗯，魔术！"一晃，牙签没了，一晃，又出来了："嗯，神吧？"

……

他慢慢长，他的创意也准时来，一个接一个。为他打听学校，被锁在家里的他，会拿到高处的手机，拨出电话。还会找到钥匙，从里边打开保险，站到大铁门那等我。看到我回来，他还会说："妈，我不会让你失望的。"

晚上睡觉，他会笑得响响的，推醒他。

"我见到国防爷爷，我和他一起开飞机。"

国防爷爷就是一个搞飞机制造的爷爷。他总是说，他长大要像"顺溜"一样当个神枪手。我趁早告诉他："别打算当兵的事，我不可能让你当兵去。你外祖父说过，下八辈都不让当兵去，那个艰苦——"

"妈，我愿意，我不怕苦，看我勇敢吧！"

没事对着点读笔，他瞎白话："我骄傲——我骄傲——地球也骄傲——我骄傲——五官也骄傲，鼻子骄傲，眼睛骄傲，耳朵骄傲，嘴也骄傲，脸骄傲，腿骄傲，脚也骄傲，手骄傲，胳膊骄傲，云彩骄傲，蓝天骄傲，树骄傲，花朵骄傲，绿叶骄傲，水管骄傲，水库骄傲，长江骄傲，黄河骄傲，大海骄傲，大洋骄傲，大地骄傲，宇宙骄傲……我骄傲——我骄傲……"他没完没了地喊着叫着，也捎带学公鸡叫、鸭子叫、狗叫，什么叫，他就学什么叫。

他上了小学，把我也创意了："我妈是天才，天上的蠢材（才）；我妈是英雄，英国的狗熊（雄）；我妈是天使，天上的鸟屎（使），我妈是……"

"住嘴——"我捂住他的小嘴，他的小手顺便在我背上一摸，等我松开，全家人哈哈笑——原来我的背上有一纸条，双面胶粘的——"我是Pig！"他才学会的一个单词，派给我用了。

然后，他会让我跟他学说话："妈，你说你是'猪才怪'。"

我生气地说："我不是'猪才怪'！"

他已笑倒："妈，你不是'猪才怪'！"他又笑得站起来。

问他儿童节有什么愿望，他说："去当一天流浪汉吧，看能不能见到会笑的猫，会唱歌的小狐狸，会灵魂出窍的猪，会隐身的隐身草，会听到我说'芝麻开门'就开门的宝洞………"

我说："你不怕遇坏人？"

"拜托，心理阳光一些好不好？"然后，不再理我，钻进自己的小屋，好久没有声音。我悄悄推他的门缝。

"拜托，心理阳光一些好不好，不要偷窥。"他转过身来，冲我眨眼。

"哇，这是什么？"我看到他把我新换的床单摆上龙门阵。

"拜托，不要大惊小怪好不好，这是陛下的王国，六一儿童节，我送给自己的礼物，流浪汉和他的王国。喏，这些都有了……"

"什么？"

我看到猫眼在笑，狐狸尾巴上拴着MP3，猪头上一团红彤彤的什么，金黄色的洞口，旁站小童，脑门上写着"Jason"（他的英文名字），手举"芝麻开门"的令牌……周围有山有小河，有鸟语和花香，还有一个纸板贴的独轮车——他的坐骑，旁边是哈利·波特竟然举着乾坤圈，再看，一手提着金箍棒，蓝兔腰间系着混天绫……

哪儿跟哪儿啊？

"我骄傲——谁都有快乐的儿童节——我骄傲——"他又开始对着录音笔录音，"儿童节——快快乐乐的儿童节——谁都快乐——地球快乐——宇宙快乐——"

孩子的童心，处处飞花，我只在花中迷醉……

大地的钥匙

周末，手拉手和小儿走在操场上晒太阳。

6岁的孩子道道在背诵他的新课文《悯农》，总是背成"汗滴'淌'下土"，纠正好几遍，还是改不了，问他为什么总是记不住，他说："妈，就是汗滴淌下来，淌到土里了呀！"

我听得差点要笑出来，天，他已经自己加工创造了这句诗，并且没有理解原意。孩不教母之惰，我说："你看呀，孩子，是这样子'滴'——汗，在头上，脸上；禾，在身下；土，在禾下，在地面上。"

我讲着，比画着，汗，从高处落到地上，经过禾，掉到禾下面的土地上。明白？是汗滴禾下土。

"哦。"儿子应一声，"明白了。"

"不过呀，妈！"他又来了，"妈，汗滴淌下土，也对呀。你看，你看，是这样——"儿子也比画着，"教"给我。

"是呀，你说的也对。可是，现在是背诵，人家李绅就是这样写的，你照他的背，你说的那是你道道版本的，还没发行呢！"

他又不懂了："妈，啥叫还没发行呢？"

我晕。坐下,拉着他坐在草地上,来,咱慢慢说……

我说着,儿子漫不经心地听,听得漫不经心,却能问得叫我惊心,再精心地作答。嗨!

好一阵儿,他不问了,我看太阳边朵朵的白云,背上晒得暖烘烘,舒服!

正惬意,他把一棵草举到我跟前:"妈,你看这是啥?"

"草呗。"我还看着满操场的太阳光。

"妈,你看看,是我做的钥匙。"

"哦。"我也漫不经心一下。

"妈!"他使劲摇晃我。

我看一眼。"噫,是一把钥匙,挺像的啊。"我淡然道。

"妈,你看我在干吗呢?"

"干吗呢?"

"你看看我嘛!"

我看他,他在拿着他的那个破草根塞进地里。

"噢,你干吗呀?"

"咳,妈,我在用钥匙开锁哩。"

"什么锁呀?"

"大地的锁呗。"

"你好有才呀!你造了一把开大地的钥匙!"这回我来电了。

"那你开锁能干吗呀?"我贴近儿子的小膀子。

"妈,你看是这样——"儿子看到被重视,更热心肠地给我演示,"这样,一开,一开,一开。"

他在那使劲地一开，一开，开得没完没了。我耐着心呵："开好了没？"

"这么一开——哇！哇！哇！"儿子陶醉起来了。

"什么呀，孩子，你高兴啥呢？"

"妈，用这钥匙开大地，一开，春天就来了，满地就绿起来了。"

"真是有创意啊！"我高兴地附和他，"大地的钥匙，就是神奇呵，一开，草发芽了，地绿了，天蓝了——"

"妈，那你就可以带我上月亮上去了？"

"天，哪跟哪啊。"我心里叹，忙措辞，"那你还得造一把上天的钥匙。""妈，中国已经有上天的钥匙了，不是都有好几个人都上天了吗？"

"噢，是的，你也好好学习，会有你想要的钥匙，打开月亮，打开大地——"

"真的呀，妈妈？那我再背一遍课文。"

好！这一回，小儿记住了"汗滴禾下土"。

我问："为什么这一回记住了，不背错？"我逗他。

"妈，因为我用我的钥匙开大地，长出禾苗来了，我就记住汗流淌到禾苗上，再淌到禾苗下面的土里头……"小儿讲他自己记忆的逻辑，我听得可笑，又感叹。

儿子拎着自己的棉马夹和伙伴们疯起来，抽着旋转着在草地上奔跑——一闪一亮的身影和阳光辉映着。操场上，一群一群的孩子，还有操场外，更多蹦蹦跳跳的孩子们，俨然一把把龙腾虎啸的小钥匙，开启大地，开启中国未来，开启人类历史和宇宙……

在草地上晒太阳，暖暖的，乐融融……

蔚蓝色的小脚丫

春上柳梢头,桃花红了,梨花白了,田野里娇黄的油菜花一大片一大片望得人眼眉闪亮,心中的喜悦因满地绿油油麦苗的点缀而腾升出一种生命的感动,清爽的心一时找不到言语。

犹记当年淡紫色的桐花开满枝头,外祖母的白发飘在村口,为送我到父母身边上学,依依难舍,那时的天空是非常清晰的蔚蓝色;父母牵着我的手把我送到学校,校园的天,我记得也是这样的蔚蓝色。于是我得到一种失落故乡的安慰感,因为我看到无边的蔚蓝色里,好像有外祖母的眼眸,在春风流水中,我和外祖母一起浸润在村口小河里蔚蓝色的时光和记忆。从此,知道这片蔚蓝色是无边的,我的生命在哪里它就随在哪里。更让我满意的是,爸爸妈妈把这片蔚蓝嵌入了我的名字,它成了父母的寄托,我的向往。越长大,我越明白,蔚蓝色是爱的颜色,是理想与信念的颜色,有一份博大、一种辽远在我心中升扬,我知道这是生命在说话。

小脚丫慢慢长大,我不知道蔚蓝色能在我的小脚丫上留下多少它的博大,我也不知道我的小脚丫能把多少蔚蓝的辽远追求在脚下。用尽这一生,生命里能有多少蔚蓝色呢?

我想到了人类，它也是用它的脚丫在不懈追求，坚忍前进的。众生本是一人，我不能真正解读生命和自己的追索，人类与历史也让我目光恍惚。只是生命和心灵已被天空与大海的蔚蓝紧紧攫住，注定不再摆脱，一味追求那份博大；期望渺小的自己，在生命尽头融入那片蔚蓝色时，能够了无痕迹。

春风吹起时，我总会忆起童年在乡下，流水里蓝天下，那双被天和水染成蔚蓝的小脚丫。

青春里也曾有过迷航，迷航时我撕了第一张蔚蓝色的奖状，那是我第一窝蔚蓝色的小脚印，我毁了它，也伤了自己的心。我想一生里有这么一次向生命反悔就够了。那一次之后，我好像更知道了该怎样走向深沉博大的蓝，也知道了污泥灌过黑水被染过依然湛清才是真正的蔚蓝色。我懂得了尊爱，看过罪恶大街之后，依然的清纯和美。

我不否认通向地狱的路都是善良的心铺就，但更相信博大宽容是承载坠落着的伤无可伤之心的百消毡，天与海般的善良和智慧是任何伤口最好的消炎粉和止痛膏，这是蔚蓝色无多的箴言。循着蔚蓝色的牵引，感悟春天的野外更多的爱恋吧，金色的阳光弥漫着，我有了更多的生命感动。

生命之中蔚蓝色的追寻曾经给我磨难，我也一度停下了追逐的脚步；阳光之下一切都是虚空，可是美丽的蔚蓝色为我承受了生命之中不能承受之轻，我必为它负载生命之重。

蔚蓝色的小脚丫，你能走多远呢？

粉粉白白黄黄绿绿之间春风穿隙而过，生命如春风呵，旷野里清爽的心低声呢喃，蔚蓝色是生命之容。

长安街头的音乐厅

傍晚时分,漫步长安街,我向府右街走着,一群带着黄色、蓝色安全帽的工人引起我的注意。

这个队伍实在是太长了,看到这么长的队伍,我索性不走了,停下来看他们浩荡的模样。这么长,这么长,过了这么久,队伍还拉得很长。我好奇地开始计时,半个小时还要多。这样的队伍,从府右街去长安街,走入地下通道,走到路的对面去,也有沿了长安街这一侧向西而去。我不好追踪,只是望着他们远去,那些身影在初春的夕阳里,红灿灿的,很明媚!

马路对面,有人举了长长的摄像机,对着他们,对准他们——整齐壮观的队伍,音符模样的身影,纯朴的带着灰尘的脸庞……我猜想着镜头的立意,想着流淌在这都市的大街上,是一首怎么样的歌。

南望的时候,我的视线追寻着这劳动者的队伍,目光却被"北京音乐厅"那几个字高大的躯体挡了回来。音乐厅吸引了我,转移了我的注意力,我想今天晚上那里会上演跳跃哪些音符,奏响怎样的乐章……

"叮咚""叮当""当当当——"从我身边走过去,我听到清脆、苍劲、粗重、简练的声音,各样的声,各种的音,仔细辨认,原来是工人们身上带的劳动工具和缸碗筷勺在歌唱。

　　腰间系着安全带，安全带上挂着这样那样的工具，叮当作响，我看出来，他们是高空作业的工人们，粗的手，沾满灰的衣，脸上似乎也有一层蒙蒙的土，想那是灰，是尘，是劳作的尘，也是红尘的尘吧。

　　我听到的清脆的，是那茶缸、钢碗、勺子，相碰撞、相敲击的声音，很多工人的手里，提着、拎着、攥着的饭碗、水杯、勺与筷子，走起来，叮咚响的，是它们，和着他们匆匆忙忙的脚步，有些欢快地叫着，唱响在黄昏里。

　　钳子、板子、起子、钢丝绳、铁钎子……这样那样的声音，从我的眼里蹦起来，飞到"北京音乐厅"的顶端，轰响着，遏了远远的、近近的、街头的、天边的红红晚霞，不落下去，不跑进西天里。红霞，工人们的脚步声、谈笑声、叮当的工具、餐具和鸣，这是一曲交响，这是一部重奏……

　　谁是演奏者呢？哪里是音乐厅？

　　我有些分不清。

　　终于，长长的队伍从我身边呼啸着走过去了，全都走过去了，可是后面还有稀稀落落的三三两两的人。这时我才发现，其实走过去的队伍里，正在擦肩而过着的，不光有男，还有女，不光有年轻，还有年老些的，我想起那音符的模样、音色的多层、音质的类型……分明，这就是一个音乐厅，走在大地上，走在城市的街头。我也明白，是他们奏响了城市的云天，他们弹奏出高楼大厦的欢声，他们拨响了大马路的乐弦、草木里的阳春白雪、砖瓦缝隙的下里巴人……城市的音乐，曲谱的一草一木、音符的一丝一竹……他们粗拙又灵巧的手，沾了灰，带了泥，奏响了——

　　奏响了城市的音乐，他们是一座音乐厅，他们是北京城一群普通的农民工、进城务工人员,我索性称呼他们为"工人"——做工的人,做工的兄弟姐妹,在城市工作着的农民兄弟、农民姐妹们……

他们走着,歌着,在这城市的街头,在这京都的傍晚,在这大地初春的傍晚红霞里,我听到北京音乐厅里奏响了佳音——怎么也比不过,与我擦肩走过的这个流动在大地上的音乐厅,他们的工作服摩擦着我的白色棉袄,白棉袄的白,空空的,蹭一下,擦一下,这里,那里,那白色里,粘了劳动的快乐,满了行走的充实……

心头有一件白棉袄也歌唱起来——附和着,赞叹着,这艳了、美了、壮观了我们的城市、我们的首都、我们的生活的,戴着安全帽的"音乐厅"……

"嗦——嗦——叮当——咚咚——"此刻,它响在中国最美丽的一条街上。

初春的大地上,我听到最美好的乐音。

难道,你没有感觉到,他们是一座音乐厅?

未名湖畔木叶声

儿童节前,儿子在他们班的联欢会上魔术表演得好,当妈妈的表扬他说:"我也变个魔术为你庆祝儿童节吧。"

他睡午觉的时候,我带他上了飞机,等他醒来,我们已在北京大学的勺园宾馆入住。

牵着他的小手,我们来到未名湖畔:"瞧,妈妈给你变出一潭子清水!"

儿子笑得要歪倒,他指着那湖里的塔影:"妈妈,你还能变出个塔来吗?"然后,斜睨着我坏笑,"北大也是你变出来的魔术吗?"

我答:"那倒没有,北京大学是最大的魔术师,年年都要变出一群一群的精英。"

"到这个世界上去变魔术?"儿子兴致勃勃地抢问。

"哦!"我答应,想着应该是吧,那些精英,可不就是魔术一般地美丽了这个世界?

看未名湖的人很多,围着它,有朝圣般的面孔,有迷恋它的眼神,也有超然的,另类地说:"这一坑水有什么好呢?"一样的水岸边,一群群、一个个，不一样的人，走过来，走过去……

我和孩子坐在湖畔长椅上，直到夕阳镏金一般给柳树和博雅塔全都镶上黄澄澄的边儿——塔影和人影都更加美丽！

晚饭后去听乐黛云先生的讲座，小学生的儿子恰巧与一个白发的老人坐在一起听讲座，于是吸引了大炮筒子一样的摄影机冲着他们拍。乐先生是我倾慕的女性和学术大师，我听得津津有味，我知道儿子肯定听不懂，他忙着看他的漫画书——他很安静地坐在一边，不管一屋子的人山与人海，也不问坐他一边的我伸长手臂踮足而向乐先生提问。

第二天，我们又听——其实是儿子陪我听——又听了几节课之后，我们走在林荫里，去湖边散步。儿子说，哪个精彩，哪个不咋地——他的妄加评论和我心上的感受一样，契合了那讲座的现场氛围。我于是知道，不懂的东西也可以感觉——感觉是感性的，也折射对应物的理性……

我琢磨着前行，儿子突然不走了，他看地上的落叶，捡拾起最精美的一片："这么好看的树叶啊！"我不禁赞叹，我看到它的精致之美。儿子抚一下，放在嘴边，吹，吹，再吹，"啵——啵——"居然响起来，我笑，这么好听啊！怪不得它长得美丽，原来它还可以吹出声音，让人快乐！

儿子郑重的神情："妈，这是木叶！"

"绿树上长的叶子嘛？"我没听懂他说的木叶。

"妈，它就叫木叶！"他又强调一遍。

我奇怪："你怎么知道？为什么叫木叶？不是很平常的一片叶子吗？"

儿子说："书上说的，这就是木叶，会唱歌的树叶，因为它听着小鸟的歌声一起长大，所以它也会唱歌，每片叶子里都有好多好多歌！"

我于是知道了，这叫木叶，它是会唱歌的树叶。我还有点不信，摘下路边别的小树上的叶子试吹,儿子也试,果真就不能吹出声音。我观察一下,可能是这一种叶面平整聚音,符合发声的构造吧。一路上,儿子时不时地吹着这片美丽的木叶。路人看他,什么东西这么好听?树叶也会发出这样的声音?有眼神追着打量他的小嘴巴和手上的小树叶……

树叶声里,湖光塔影,人来人往,绿树花香,人迹象,水风光,旖旎了北京大学这一树林子小鸟,鸟声鼎沸起来了,湖水塔影更加静谧安详……

坐在湖边,我掀看谢冕先生的"红楼钟声燕园柳",会意他说的"一塌糊涂"是"一塔(博雅塔)一湖(未名湖)一图(图书馆)"。静园草坪永远清香,蔡元培校长铜像前永远芬芳,青春、理想、进步,精神高地,世纪约会,永远的校园,多情最是此湖水,依依柳岸,恒久的光明……这些吃灵魂饭的人心上的草坪也永远清香。我也看乐黛云先生和汤一介先生夫妇两个从"两只小鸟"到"两只老鸟"的自比,青春到白发,他们一圈一圈绕湖行,此湖视野自是高远,襟怀自是阔大,这里的柳丝自是科学民主、思想自由,湖光树影亦是兼收并蓄、宏大精博,北大精神渗透骨骼,此时他们静静地坐在湖边长椅上,背影里我听到——鸟声流淌在如霞的锦绣画图中……

木叶声声里,我在想,多少人是这叶,一片一片叶,聆听大师们的鸣唱,然后,这歌声,如木叶,响在云彩里,响在大地的眼眸里,响在,此刻,行走着的,如小儿,如我,如众人的,每一个湖滨行走的人,每一个仰望高山、静观湖水、塑造精神、谛听灵魂佳音的——绿色叶子的耳朵里。而我知道,耳朵还会叫醒耳朵——更多的、别个的耳朵,有形的、无形的耳朵。会魔术的,是每一片木叶,木叶声声里,北大远了,灵魂近了。北大不大,灵魂无边,无际无涯的是小鸟们的歌唱如海如白云……

这个儿童节,小儿带我在北大未名湖畔,找到一片木叶。

凤　凰

凤凰凤凰，美丽的凤凰，我向往的凤凰——沈从文的凤凰，黄永玉的凤凰，沈从文笔下的、黄永玉画中的凤凰，我的想象里的凤凰……

终于，我抵达了它，在一个秋高气爽的午后，在一段静谧安详的憧憬以后，拖着简单的行李，带着简约的心情，我来到它简单的风景里，观看沱江两岸它那简约明朗的涛与声、光和影、风及水。

挎篮的老阿妈，她臂弯里花团锦簇的花篮，招惹了我的眼，未等她兜售，我已将一串美丽的花环，悬在头顶。美丽的凤凰，让我因你而美丽。

静的水，碧得清；黛的山，绿得切；吊脚楼，一座座立着，霞色里，形影娉婷；豆荚船，一叶叶，摇着，水光里，清影婀娜；山，在水里；光，在水里，影影绰绰，都在水里；白云，在水里，天，也在水里，岸上的人影和笑语，也都含在水里呢。水，也在山上呢，天上的白云朵朵，岸上的人影摇动，可也都在山上呢！在水里的山头，韵了涛声桨影里的笑脸与欢声。天水一色，光影相融，静立的房舍是景，行动的人影是景，划桨声是乐，流水声是音，笑语和欢声更是美好乐音。

静立虹桥畔，驻足沱江岸，凤凰小城啊，哪里是你，哪里是我的赏心悦目。这里的山光水色，这里的天水云月，皆是你的鬓影发鬓，是你的歌，你的情，你的欢颜，你的笑靥。我也发现，这里的每一丝云鬓鬓影，也都含情含笑在你的美景，你的美丽里。

凤凰凤凰，美丽的凤凰。

乘一叶小舟，飘在沱江水面，这里孕育了沈从文、黄永玉，以及众多的凤凰人。他们有名人如斯，也有众多明（白）人，如与我擦肩而过的众百姓。从他们的口里，我听得大作家的低调和明白，他枕听涛山而眠，从容而平淡。我走来走去，找不到他的墓地，这边箭头标示那边，那边箭头标示这边。我徘徊着，辨识着，终于，发现，后人立的那块块字碑，大而醒目，却什么也不是，只是写着这是墓地，而真正的墓碑，只是一块石，极不显眼，上面只是不落俗套地刻了作家生前的座右铭：

照我思索，能理解"我"；照我思索，可认识"人"。

还有"沈从文"三个字，无记功名，未示名号。倒是后人所立的标示性碑块，大而注目。这也对了，自认自己卑小，他人的口碑，越发"大"哩。

船主人是当地凤凰人，他的船歌唱得高亢好听。我想到沈从文先生说过的："凤凰人是吃着歌声长大的。"沱江水一样质朴的他告诉我，参观沈从文墓地是不收费的，低调的作家及家中后人都同样低调，特意协调取消收费。

可是，拾阶而上，寻觅看到，老先生的墓前，放有花环、香烟，还有旁边小树上，挂满了小星星、千纸鹤、各式各样的草编物品，分明是前来瞻仰的人们留下的景仰和忆念。我只是，轻轻鞠躬，悄声地说："老先生，我来看您了,很景仰您,带了薄薄的一鞠躬,请您安息。"

 我不知道老先生,有没有听到,我却感到旁边的小树在温和地笑,如老先生温暖的容颜。那评价老先生的十二个字:"不折不从,星斗其文;亦慈亦让,赤子其人。"轻轻跳动在清风里。"从文让人",是了,我想到八千里路,云和月,风和尘;我想到山水迢迢,山几重,水几重;我想到山重水复,山重水复里他的身影。我想到呵,我想到,他怎么样当年从这里走出去,回来过,又回来了,最终安眠在这听涛山。儿时的他,是否在此听涛;如今,他依在这里,青山绿水萦绕。他在,听涛,他枕山而睡。睡着,还是,醒着?极目望去,我极想眺望得到,小城那一端,他的故居里,人们摩肩接踵,参观他的旧时墙垣、儿时的座椅、曾经的睡榻……那里是他的起点,这里也是他的终点。人生就这么远吗,人生还是这么近。那么,又何必,要千重水,万里山,上大路,转京都……人生啊人生,有怎样的美丽,又有怎样的妖娆,任我们追逐,任我们求索,你那些美丽的字,多么美丽,美丽了凤凰,美丽了湘西,美丽了这一方的人人和山山水水。你又钻进历史的纸堆,研究鲜有问津的服饰学……我却寻了你的文字,来看你笔下美丽的凤凰、美丽的人情风物,我更看到美丽的凤凰养育了美丽的你、你的文字、你的美好的心。你说,水——"一派清波给我的影响实在不小"。综观你的人生、你的文采,水在其中,水渗其中,水韵其中。品你,品水,品你的文,品黄永玉先生的画,品凤凰的美丽,水的灵秀曼妙。美丽的凤凰啊!

 凤凰凤凰真美丽。走在青石板,会有清亮的嗓音,围上来:"阿姨,买一只竹蜻蜓吧?一元一个。"

 我笑问:"为什么不去上学?"

 "老师开会,我们放假了。"脆生生的小嗓音答道。

看着清秀的小面孔，我恍惚，会不会，又是一只苗家的金凤凰，去歌去舞，去唱响外面的世界？

夜晚，暮色里，放水灯的多了。我拿了水灯在沱河里放，正在叫卖水灯的小男孩看到了，赶紧赶了来，告诉我，怎么样才可以放得远，走得好……我放好了水灯，抱歉地说："我不再买你的水灯了。"

小男孩纯真的脸，只微微一笑，露出好看的两只小虎牙来："不用哩，阿姨！再见！"他冲我说。

我用刚学会的苗语，对他挥手："牛肉干！（苗语，再见。）"

他乐了，两只小虎牙更明亮了："木饶！（苗语，你好！）牛肉干！"

我冲他竖着大拇指，喊着："木饶！牛肉干！"

那敦实的小身影，纯真的脸，消失在虹桥边攒动的人影里。我渴望着，一转身，又看到一个小沈从文，或者小黄永玉，出现在沱水畔的虹桥边。我知道，对于美丽的凤凰来说，这不是梦，也不是传奇。

我买了腊肉邮递回故乡，在说明一栏里，我写的是"凤凰肉"。邮局里工作的小姑娘看见了，嗤嗤地笑，一旁在寄明信片的游人说："吃了凤凰肉，不就成仙了！"

我顾盼着看到，有张明信片上写着："寄一缕凤凰羽给您，感谢您的帮助和支持。"

还有一个小伙子，一心一意想要邮寄一副银手镯，左咨右询打听，如何才能更快些，这让我想起沈从文致张兆和的信，也是这么急切地写，心焦地寄啊，不一样的恋人啊，一样炽烈的情感。我望着小伙子痴想了一下，小伙子不好意思起来："再有两天是她生日，我想让她生日里收到。"我和周围的人都忍不住微笑了，就像谁也忍不住凤凰的美丽一般，千般情万般意地，往远方传递。传递，凤凰的美丽，我们心中的情意……呵呵，凤凰吉祥美丽，吉祥美丽着每个人心上的思念。

夜色里的大排档，更多的游人，白天享了眼福，此刻，要饱口福哩。我也坐下，同时，点唱一支歌，给凤凰，给自己，给一路走来的山山水水。这山山水水，沈从文走过，黄永玉画着，谁个的人生，不也都经历着……歌声里，思绪如凤凰，展起双翅，恍然，有凤凰和鸣耳际。不觉，我已陶醉，陶醉在一个人的凤凰里；其时，凤凰也醉了，醉在那么多人对它的陶醉里。

凤凰凤凰真美丽，凤凰凤凰多美丽！你的山，你的水，你的人，你的山山、水水、人人，美丽呵，凤凰，如同凤凰羽毛一样美丽……

漫步凤凰，我迷恋它的每一棵树、每一片瓦、每一朵浪花……每当我听到风儿轻声歌唱，歌唱它有多美丽……

来过，就不再离开，它泊在我心上——凤凰，它是我心上一只锦绣的水凤凰……

阳光做的烟雨

走下飞机,美兰机场正在烟雨中。

等着取行李,暖暖的气流缠绕出满衣衫的汗,棉衣早搭在臂弯,又抓了小外套,间或一抬头,看见朋友带着她的儿子已等在门口,笑脸伴着喊声和外面的大块绿色一起闪进视野,呵,我感觉到海口的暖。

车子走在海口的街上,迎面扑来高高的椰子树和大大的芭蕉叶。

望着高高树上一堆堆的椰果,幼小的儿子有些担心:"妈妈,这是什么?会不会掉下来?"

"不会的,弟弟,这些椰果只是'摇摇欲坠'罢了,不能真的掉下来。"朋友的儿子抢着告诉弟弟说。

朋友笑着对第一次到海南的我说:"是不是这些椰子树、芭蕉树只在画册上、挂历上看到过啊?这里到处都是,像咱们中原到处都是杨树和柳树一样的。"

"是啊,真的暖和,风和雨都是暖的。是吹面不寒的杨柳风哩!"我对比似的告诉她,"差点飞不过来,机场关闭好几天了,刚开始放飞。老家的风正刺骨寒呢!"

"海南唯独今年最冷，出现了32年来的最低温，以前在海口过年都只是穿衬衫，不要说三亚了。"她告诉我，"去年，我买了一条新裙子过的新年！"

"可还是暖和啊！"我把车窗摇得更低一些。

"是了，阿姨，这里的雨也是阳光做的！"朋友的儿子像个小向导，快快地接口道。

"但是，"我的小向导又说了，"夏天的风可是雨做的！"

"为什么呢？"我不禁问。

"在中原夏天的风是热的，夏天一热，哪里都热。在这里就不同了。"小向导乐呵着，问我的朋友，"是不是呀，妈妈？"

"是的。"朋友也说，"在海南只阳光下面热，往树底下一站，立刻就凉快了。"

"风是凉的，它是雨做的，一吹就凉爽了！"小向导肯定着，"阿姨，你到夏天还带弟弟来就知道了。"

"阿姨还没到呢，就预约'还来'了！"朋友嗔他的儿子。

"阿姨还是先感受这雨做的阳光吧。"我和朋友笑着。

真的，阳光做的烟雨，暖融融的，陪伴我在海口的时日。它从雨烟，到雨丝，到雨滴，蒙蒙洒洒，浓浓淡淡，让我见不到阳光，看不着白云朵，执着地飘着，撒着，落着，执着地告诉我，它是阳光做的，是阳光变的魔术，礼迎我的到来。

阳光做的海南雨，暖着我，随着我。

天　涯　树

天涯树，早已是一种"文化"，在传承，更是一种精神，在流芳。

在"天涯海角"景区里，看到它，我还是被震撼。

人们前往"天涯""海角"景点方向，在辗转走过一段曲曲小径与潺潺流水后，就要到达天之涯海之角的时候，路边猛然出现一棵大树，矗立在巨石里，大石头是它的生命家园。它"顽强不屈""坚毅不凡"，芬芳地居于巨石上，挺拔在天地间，每个人的心里，都有一双超然的眼睛，望着它，爱上它。

它是一匹白马，在奔往天涯的路上，跛足石上，愤然成为一株树，永把天涯凝望；它是一株春树，日日倾诉着对海角的热爱，咫尺而不能达，思念成疾，痴诚不改，爱如顽石，固在足下。

其实什么都不是，它只是一颗求生存的种子。不巧，也是正巧，落在大石上——它没有土地，也要发芽；它没有水源，也要生根；它没有具备应该有的一切，可是它拥有生命的阳光。要么，它劈石而存而活；要么，它未生先灭先亡。

面对天地间的选择，小小的种子，哭了——对艰险害怕，对命运无奈，对生命渴求……

哭也是力量,那是因为心上有阳光。有阳光就有希望,就有向往——因为阳光本身就是不屈的种子,怀揣的向往。

小小的种子朝着梦想走去。

走啊……走啊……

只有黑,只有暗,只有血,只有汗,只有伤,只有痛,只有悲凉,只有悲壮……

走啊,走啊……

小小的种子朝着梦想走去。

走啊……走啊……

有了光,有了亮,有了声,有了响,有了青,有了芽,有了根深,有了叶茂……

走啊,走啊……

到了天尽头,到了海之角,绿满天涯绿满海角,在这里守望人间春色,在这里唱着生命之歌。

天涯树,是一首强者的天歌;天涯树,更是一首弱小者的神曲。

它告诉你,最强的曾经是最弱的;它告诉你,最弱的可以成为最强的。

也许,天涯树,你静默着,本不想昭示什么,你只是站着,在你心里,本没有拼搏,也没有放弃,你只是——是种子,就在风中雨中阳光下,站成一棵树,哪管是在哪里。

天涯树,你的形象在我心上流芳。

抿着嘴的树叶

夏日的傍晚,夕阳如水,洒满庭院,正在抬头看蜻蜓的儿子有了大发现。

妈妈,妈妈,快点看!

他拖着我的胳膊——这里有一片抿着嘴的树叶!

6岁的儿子指着无花果树,我认真地分辨——在哪里?

这!这!在这!——顺着儿子的手指,我果然发现。

肥肥绿绿的叶,如同一张娃娃脸,上面的3个咖啡色痕迹,长一些,短一些,弯弯的,上翘一点,下凹一点,可不就是一张抿着嘴的脸庞嘛!

我和儿子与蜻蜓一起雀跃,叫来外祖母,叫来姐姐,还打电话给爸爸和家里所有的人,告诉他们,院子里的树上有一枚抿着嘴巴的叶子。

每个家庭成员的表现,也都各异。

小姐姐快乐地跑来了,她说:"弟弟,弟弟你真棒,你怎么发现了它?"左看右看,上看下看,小姐姐还想再发现一枚这样的叶子,或者,更丰富多彩的表情,在树上,在叶上。她找呵找呵:"弟弟,快看,这里,也有一枚叶子,像是在捂着肚子笑,好像你的样子。"听她俩这样说,我们笑得直不起腰来!

渐渐地,孩子们的发现更多了,居然还有一个叶子像挥手的海宝娃娃!

夕阳里的一丛树叶,带给两个孩子这个夏日里,最大的奇迹,他们一个,一个,见证着,乐此不疲。

外祖母首先想到的是——蚊子。刚才下过雨,院落里,有蜻蜓,更多蚊子。"赶紧回来吧,不要让蚊子叮住喽!"

两个孩子自是没听见,他们快乐着他们的快乐。我是一个连蜻蜓都想收养的人,更是乐得纵容孩子寻找他们的创意。我不阻拦,拿来驱蚊水,给孩子们涂抹,外祖母也不再说什么,她忙她的"正事",准备一家人的晚饭。

打给先生的电话,先生很不耐烦。

"爸爸,咱家树上有一片叶子在抿着嘴笑呢!"

这个人学理工,居然,让孩子重复了好几遍之后,才听明白。孩子已没了讲述的喜悦,先生也只是说——我知道了。儿子愣一下神,快乐地跳向他的树叶下,趣味不减地,看着,又看……

两个孩子打给妹夫的电话,妹夫索性就没接到,这个学电工原理的人,可能又坚守他的岗位了,即使听懂了孩子们的快乐,也忙得顾不上和孩子们一起抿着嘴笑呢。

倒是妹妹,当年的校园诗人,在电话里,和孩子们一起兴奋了一阵子,激励得俩孩子兴致更浓。在妹妹的引导下,上二年级的小姐姐,去写日记——"姥姥家的院子里,有一枚抿着嘴的树叶,它在笑什么呢?我在树下想,它可能是……"幼儿园大班的儿子,拿出他的画笔,照着把它画下来!

"姨妈说,她回来给我的画配诗!"

打给舅舅、舅妈的电话就免了吧,他们在纽约,可能还带着孩子没睡醒呢！儿子说，给他们的电话留言，没想到电话通了，是舅妈刚睡醒的声音，她听懂了，又把快乐往外传递——道道和妮妮说，院子里有一枚会笑的树叶……

"呵呵……呵呵——谢谢你俩小天使，我和你舅舅，还有宝宝，开始了一天的快乐！"

两个孩子摇头晃脑，满意地挂掉电话，分头去丰富他们各自的作品，写的写，画的画。充满教化兴致的我，抿着嘴，看着他俩抿着嘴忙碌的样子，笑了。每个人，都是一枚抿着嘴的树叶呵，在生活的树上——抿着嘴惊奇，抿着嘴淡漠，抿着嘴识云霓，抿着嘴将快乐播撒……

抿着嘴的树叶，你是，我也是，一起见证生命的彩虹，一起期待岁月的谜底，一起制造时代的神话……

甲天下的微笑

每次途经洛阳,只要有时间我总要到龙门,看看石窟里安详无语的卢舍那。静立它面前,让它清如水的微笑,春风般淌过我心灵的角角落落。

最初来到它面前,是在妈妈抱着的襁褓里——那时爸爸随部队驻在龙门,我们来省亲,顺便看卢舍那,那时我对它的记忆如同它的微笑,空灵得没有痕迹。

童年时重游,记住了这尊好大好高的石头人儿是"艺术"。知道了那个衣着朴素的最高大的艺术品是位古老的"阿姨"捐出两万贯脂粉钱修建的。她的微笑令我驻足,我仔细模仿,却怎么也学不来。妈妈说,她的微笑如清风,无痕里含有万千内容;我的微笑虽是单纯得可爱,却真的清无一物。我琢磨妈妈的话,却捉摸不透那缕微笑里淡如童年又醇厚绵远的意味。我不懂它,可我喜欢它。回到家,爸爸告诉我,这阿姨是武则天,那像叫作卢舍那,连同所有龙门的石像,它们是国家级重点保护文物。

少年时再游,知道它面前的伊水是洛水的分支,它由南向北流,是条倒流河,清澈的水波里,我张望着等待的是曹植告诉过我的美丽仙子,我想问一问:做洛神快乐呢,还是做改革时期的中华少年幸福?望着我蹙起的小眉尖，爸爸说："答案在卢舍那的微笑里。"妈妈接口："答案在你爸爸的话语里——国家繁荣昌盛了，卢舍那微笑了，洛神都想变成你哩！"这次游览爸爸妈妈特意让我记几个数字：龙门石窟计有10万多尊石像，最早的开凿于北魏孝文帝迁都洛阳前后；大卢舍那最高最大，通高17.14米，头高4米，耳长1.9米；最小的石像仅高0.02米。后来我从史地教师那里知道有关龙门石窟更多的知识，感到它冰凉的外表下蕴含着海纳百川的安详、花灿极处的平淡，还有风在长空的无形、雪润万物的无言……静立伊水畔，卢舍那的微笑依然耐人思量，只是我隐约品得周围游人脸上似隐似现着这微笑里的味道，它是自信，是宽容，是博达……是国家和国人渐有的心灵的容颜。

长成青年，我又多次访龙门；参加工作，踏入社会，走出国门，我依然难舍卢舍那的微笑。也许像当年爸爸给幼痴的我的答案一般，其中渗透了个人的追寻和诸多人生、社会的思悟乃至对于人类幸福的诠释吧。在我的思维世界和心灵境界里，我参悟着也拓展着盛唐时期工匠手下才有的这缕大气又磅礴、深远而浅淡、铿锵却无声的微笑。我甚至在面对异国人时，让心灵出示这种容颜；我也看到许许多多我的同胞将这缕微笑展现在国际交往、洲际合作和谋求民族强大、人类幸福的各样场合里。中国人脸上流溢的这缕芬芳和美丽，悄悄震响着地球村上空的五彩云霞。

努力着的河南朋友告诉我，如今龙门石窟已是世界级重点保护文物了，被确立为世界文化遗产，卢舍那的微笑名正言顺地甲天下了。甲天下的洛阳牡丹是美的，微笑数百年的这缕盛唐神采不是更美吗？它仅仅是盛唐才有的微笑吗？它的微笑里仅仅只含着盛唐的神韵吗？这缕微笑仅仅立在龙门石窟里吗？这缕微笑仅仅吹拂过数百年的东西南北风，仅仅聆听了数朝数代黄河长江的声吗？……甲天下的牡丹丛中，卢舍那甲天下的微笑里，富含着甲天下的境界和深义。

在祖国大地处处是春天的芳菲时节，我又游龙门，再次站立于卢舍那的微笑前，不禁自言自语：卢舍那的微笑永远这么美，是因为吹拂着华夏大地的春风美吧？

——"阿姨，还有呢，还因为我们一直在努力！"忽然一缕稚嫩的童音从弥漫着微笑的空气中飘过来，我张望着寻找，原来是一群系着红领巾的孩子正用喷壶给花儿洒水。一个小姑娘抬脸向着我微笑："阿姨，我们微笑，卢舍那就微笑……"

噢，是的，孩子，你微笑，卢舍那就微笑，生活就微笑，历史就微笑，祖国就微笑，世界就微笑，人类就微笑……我突然分不出甲天下的是谁的微笑，但我知道这样微笑着的中国的微笑是甲天下的微笑。

走 进 春 风

走进春风，做几件春天的事。

轻吟一曲《春光美》，清唱一首《桃花朵朵开》，悄填一阕《鹊桥仙·春色》，看一场《开往春天的地铁》，沐一回"春之浴"，洗一次染上"凤仙花"的发，食一桌"山之春"的素餐，临摹一幅女儿的春之作《草色遥看近却无》，读给小儿几"滴"《林中水滴》，润润他幼嫩的心，浇浇他童话一样的眼神，也给先生灌溉一下，拉他站在高岗上，吹一串口哨，应和小鸟的鸣叫，唱醒春山深处的牧笛。

拜访春天，带着学生走进春风，浸春光，染春色，感觉草色遥看近却无的美好，聆听林中水滴的清新曼妙，领略桃花朵朵开得鲜艳可爱，带一群璀璨的童心，种下一群可爱的童话——在天地间，在阳光下，发芽着真，生根着善，成长着美，岁月的横笛里袅娜人间烟火的天籁，人世的炊烟里汩汩流淌日子的鸟语花香；每颗心灵传唱着生命的美好，每个灵魂盛开成春花朵朵，红尘处处是春山，每一缕世态风都是春意，每一滴人情雨都是甘霖。

喜欢春水，走进春风里看水，双眸里荡漾着汪汪的春之风水，心头的大自然里栖息着大地的暖意，魂儿便婀娜成如莲般的清澈美丽。这美丽如春水,流淌的日子,幸福满溢;如春水,吹拂得人间春光满怀。我听,我看,我品味;我赏,我赞,我珍藏。把这春之风春之水,把这春之风水,收进心窝,滋润生活。

青春的深山里,有过一个"小女子清纯的声音,在树林里轻轻地歌唱",走进春风,走进时空那片树林里,探访那"清纯的声音"。"轻轻地歌唱",是否轻轻还在,是否清纯依旧?沉思在春天里,碎如星的粉笺,已在心底沉寂,还是已悄悄复原?岁月如春风,吹拂得记忆净净的,静静的,那一份青春的暖,在静静的山冈,开着净净的粉色小花。记忆呢,早已悄悄闪在那帘幕无重数里,闪一闪,闪成一枚白天的星子,随意地悬在随意的一角,春风吹得桃子长,它响一下。

响一下,响一下,每每春风轻轻送,也送来我的梦、我的想,爹和外祖母的叮咛装满怀,人生路上,我对他们的想念和爱恋,春风装不下,山冈撒不尽。外祖母穿了厚厚的棉衣睡在开满金色花的乡下,那泥土是温热芳香的,我想外祖母喜欢它,春风流水里,外祖母还会听到我童年的歌唱。那些童年的欢笑,自然会奔跑在她圆圆的坟茔旁,将她永久陪伴。走进春风,我就走近外祖母,和她说说话,陪她聊聊天,年年的春里,长一轮我年年的追记。爹爹啊,睡在我为他选的附带着风景的"木房子"里,虽然在大肖叔叔的张罗和帮助下,已经给他在南山买了一块地,挨着大肖叔叔事先给自己选下的"家",他们以后还是"老战友",还要做邻居,可是看着那冰凉的水泥地铸的"箱子"一般的墓地,我就是不忍心把他送进去,怕他冷,怕他寒,更担心会有爬虫去打扰他的安宁。索性,我一直,让爹爹住在高高的6楼上。这样,妈妈闲时也可以去给他打扫一下房间,我们更可以常去看看他,最放心的是,他一人住一套房,宽敞也明亮,不用担心他会被雨淋,会被风吹。走进春风，我要撷一缕春风给父亲，暖暖他的"木房子"，给他点一支烟，泡一杯他喜喝的浓茶，述一述他的孩子们在人间的春色给他听，让他颔首，让他微笑。生命里，每每爹爹颔首微笑，我自会在春风深处歌舞翩跹。

"孩子，若有烦恼，就去田野，慢慢走一走，烦忧就不见了。"爹爹在世时曾这样给我说。每年的春天，我要去看田野。田野是记忆，给我安慰；田野是安慰，给我启迪；田野是启迪，给我哲理；田野是哲理，给我指示；田野是指示，给我明媚；田野是明媚的春天，带给我灿烂的生活。田野呵田野，走进春风，走近你，你告诉我的，很多，你给予我的，更多……让我静静地，静静地，望春风，望你！你的碧绿，你的广阔，你的沉默，你的坚忍，你的宽厚，你的朴实，你的素淡，你的浓郁，你的简单，你的深邃……你无语，给我最真的箴言。只因为，这儿，是大自然……我要把大自然接进心里。

走进春风，要做的春天的事很多；春天，要做的事很多。走进春风，才不辜负她的来临；享受春天，才不辜负我们的生命。

送你一朵昆明的水花

昆明暖，四季如春，朵朵花开，如春水，荡漾着我的向往和兴致。

今年春节假期，带一双儿女去昆明小憩，贪享那里的暖。

果然温暖，不仅如春，而且如夏。刚到达的那天下午，两个馋嘴的孩子，就拉帮结伙着要挟我和先生。

"吃冰淇淋！要热成电热器了！"儿子嚷。

已上小学的女儿仔细地选择她的措辞："我都热成沙漠了！"

"看来，真是得降降温了！"先生郑重地摸小儿背上的汗，擦女儿额头的汗。

我一旁笑谑："他们那是疯得！"

是呵，一下甩了厚厚的臃肿的棉袄棉裤，俩小东西像小马小鹿，兴奋不已，狂癫狂跳！何况确实在20℃有余的阳光下。

昆明真的暖，是冬日暖房。到处春和景明的样子，路边青草处处，红花艳艳，穿短袖薄衫的，迎面可见。

金马坊购物街，一行金发碧眼的老外行走着，几个帅哥的大裤衩，很是显眼，惹得儿子按捺不住："妈妈，给我也买一条短裤吧！"

女儿马上艳羡起街上美女的花裙："妈——"

终于，在民族村，看着来来往往的小阿妹们，个个穿戴得花红柳绿，伴随着鸟语花香。我心旌摇动，自己也披挂起来，哈尼族的花裙，苗族的银饰，还有花团锦簇的大披肩。我这一着装，儿女们的心事，是挡也不挡住了，索性，一家子不再是一家子吧，谁爱哪个民族的，各人竟自由吧。

不到一个时辰，看将过来，儿子成了白族的小"阿黑哥"，绣花的白衣白裤花坎肩，小脑袋上还扣着花帕帕；女儿成了藏族的小"卓玛"，艳丽的斜襟藏袍镶嵌着"扎西德勒"的吉祥；只有先生坚守"水又（汉）族"，手上只拎一块普洱茶砖头！他笑话我们娘仨："哪像你们只是虚图其表，我可是要把春暖花开喝到心里去！"

听他一讲，我又学样，一只一只往怀里揽，揽那一堆五彩六彩七彩也不止的斑斓花荷包，说要多带一些，送给单位里的"阿诗玛"和"阿诗婆"们："把春色送出去，就会春满人间！"儿女一听，齐来帮忙："打包，把春花带回去！""打包，把昆明的暖洋洋装回家！"

昆明真的暖，暖得高大的桉树都剥皮挺立。滇池水暖海鸥翔集，游人抛着面包与鸥嬉戏，我的俩孩子更狂热，把饼干放在他（她）的头顶、我的头顶，更招得水鸟纷至沓来，依人依到我欢乐地蹦跳；石林如花开得灿烂，灿烂的花和石头相比看谁的数量多，耀得我寻看"阿诗玛"的眼很缭乱；花市"花花"世界，花呀草呀，多得我悄悄自卑，我好像从来没有见过这么多这么便宜的花呵，昆明什么都论千克称，玫瑰花廉价得让我难以再陶醉……

风暖景暖风景暖，昆明的吃喝住行也都温暖。吉祥街的小吃多又全，实惠好吃，胃肠暖；喝也暖，水不凉，因为气温不低，还因为——呵呵，买一张地图，小儿说："要喝这个水！"

老板爽快地："送一瓶！"

女儿见了那可爱的小提手："妈，我也想要一个？"

我正犹疑，想这下不能了，望过去，小老板眼神都要躲了，却憨甜地又递来一瓶："这下真是赔了，不过，只要小孩子记得昆明水好喝就好！"

"好喝好喝！"一双儿女赞叹，各人的小手舍不得离开那好玩的小提手。只是我一个人，这时真的感到，昆明水真的好滋味。住也温馨，住在昆明百货大楼对面，价格实惠，服务妥帖，看到我们带着两个孩子，日日里，打扫的小美女都会多放两个人的一次性拖鞋，以及洗漱用品等。凑巧看见儿子手上的小红疱，细心询问，晚上居然送过来一盒消炎药膏，两个孩子却得意而再往，一次次去找美女阿姨索要宾馆配用的迷你铅笔，一根，一根……要得我都难堪，美女阿姨却大夸两个孩子的图画日记画得好，看着儿子画的世博园，里面有一只公甲壳虫正给母甲壳虫献玫瑰花，大赞小家伙真有创意！看到女儿的日记里写到了她，她却脸红了，不住地说："谢谢谢谢，欢迎下次再来！"

昆明是"公交大户"，公交方便得很，也便宜得很，多远多远的路，一块钱就够了，多美多美的景，一块钱就到了！

"昆明真的暖和呀，妈妈，明年还来！昆明真的冬天很热，我要天天吃冰淇淋！"

……

天蓝蓝，昆明四季如春，春在昆明，我的口袋里的银子可怎么够，够我年年去暖和一下？

那里的暖，还是装在口袋里，装回家好——好得到处都是昆明的暖，昆明的春和景明。我在电话里给朋友说，送你一朵昆明的水花——一打美容佳品，听筒里高声欢呼——精油！

一朵朵玫瑰，一片片花儿，瓶瓶精油，滴滴春色，暖如春水，春水如花，一瓣一瓣，怡心，亮眼眸……

带着妈妈看世博

弟弟在上海,五一节前就打电话来:"来看世博吗?我好提前订票。"

我答:"不定。手头的活儿太多了,定不下来。"

可能上午想去,下午抓起包就到了。

弟弟笑:"还有你这样'潮'法!"

果然,29号上午有了感觉,专栏写好,版也编了,单位的事也已利落,给妈妈说:"我忙好了,现在买票,下午去上海。"

妈妈讶然:"你总得让我准备一下。买明天的票吧。"

"好吧。"我答应,想着:妈妈就是啰唆。

拿到票,回到家,看到妈妈已经准备了一箱子,除了吃的、吃的,还是吃的,都是给她儿子带的。妈妈说:"你弟已买好2号的世博门票,1号的没有了。"

带着妈妈和小儿,通过安检,从世博轴入口进园,弟弟租了免费使用的轮椅,坐进椅子,老太太的白发格外璀璨。有时小儿也挤着坐在椅把手上,被外祖母揽着高兴得爽歪歪。

人最多的一天,报道说那一天入园近23万人。开园5分钟,中国馆就预约满了。于是我们定下"攻略":"世界大集,哪家都精彩,哪里人少就哪里去!"

走着逛着,居然先到了韩国馆,人不多,也在排着。

"就这家吧,"我打趣,"这是你北大那个儿媳妇家办的。"

老太太斥责:"别拿你弟寻开心。他在北大时,有位很友好的韩国女同学。"

去排队,说着韩语的工作人员迎上来,还有说汉语的服务生。噢!绿色通道,一路无障碍。

是的,坐轮椅的老太太,是特惠人员,走到哪里,都优先照顾。真的是世界"巴扎"啊,文明程度也不一样哩。这才想起,这次世博会的广告,就是一个拄着手杖的残疾人游世博园呢!

坐世博公交,有人把她抬上抬下,乘船渡水,连与小儿年纪相仿的另一游园的小儿,也伸出小手帮奶奶扶轮椅。老太太直叹,真的是"更美的城市,更好的生活"呀!小儿在一边接:"姥姥,还有'更深的情谊'!"

可不咋的,情谊也愈深厚哩,看黑人白人,那些外国人,不都是把我的椅子往前放嘛。那个"卖火柴的小女孩"还给你拥抱啦!小儿笑着"揭发"外祖母。他是说在丹麦展馆,一个可爱的欧洲小女孩,拥着老太太合影留念。

弟弟笑话小儿:"道道,你不是要把卖火柴的小女孩接回家吗,怎么让人家走了?"

小儿皱眉。"她现在有妈妈了,她妈妈跟着她哩,再说,现在又没下雪……""那你下雪天接她回家呀?"小儿不解舅舅的话,他跳着,跑到广场上去看表演。

广场上的表演异彩纷呈，最感动我的是非洲少年的表演唱及武术表演，纯中文的演唱和手语表演，一曲接一曲，嘹亮的歌，清新地唱。朝气蓬勃的少年，迎着西晒的太阳，汗油油的，然后，又一场连一场的中国功夫表演。我欣赏他们每一个人每一分秒的投入，那份认真，讨人喜欢，令人怜爱。火辣辣的太阳，晒着孩子们的肌肤，一直晒着。这是一群可爱的热爱中国的孩子。我感到，他们每一颗心上，都有一粒喜爱中国的种子。显然，妈妈也被这群皮肤黝黑的孩子打动了，她居然走下轮椅，慢慢到台后，把一支冰淇淋拿给那个最瘦小的小男孩。小男孩笑着摆着黑黑的小手手……老太太的白发在那一刻尽现上海世博会的美好，闪光灯闪烁，是白皮肤、黑皮肤，还有黄皮肤的手，在拍照，拍摄一个中国老太太的心意……

带着70岁年纪的妈妈逛世博，居然，一天逛了一个来回，园内风光旖旎，都穿梭着看到了。各个展馆，观光者众，虽说没进去，但精彩已于无声处，随着高科技恣意飞舞，任由想象。

披着晚霞的爬山虎

  青青漫漫的枝叶，待爬山虎爬满半壁楼面的时候，年年的夏，就会有一个修伞人在青翠蔓绿的荫凉下，乒乒乓乓地修理伞具。每天，直到晚霞散尽他才收工。

  站在高高的阳台上，我喜欢看着那一片爬山虎的海洋。看那绿绿的海洋下面，聚精会神修伞的老人。

  爬山虎荣枯人来去，年年如是；修伞老人，冬去春来，每到夏至，他也至，来到这片浓绿的爬山虎下，来到我的视野里。

  看着他给人家修理伞，听着人家跟他砍价。他总是笑眯眯地，一副不疾不徐的样子，说："不能少了，这是最低价。"然后，呵呵地笑，一副挑不出毛病的老好人神态。

  久之，这院里的人，来来往往，拿来拿去修伞的人，也没有谁跟他讨价。

  再后来，来修伞的人，也不再向他问价。该付几元已成默契，递上5元、10元，该找找，该退退，随意随心。至此，老人的伞摊在我们的小区再无波澜。

年年的夏，老人平淡地来，平淡地去。

一日，耐不住，我便问他："您怎么也不到别处走走，多揽一些生意，也好多些挣钱？"

他笑了，满面的皱纹展开来，又折起来，似乎是合辙押韵的一首诗："挣不完的钱哩，闺女。够花就行！"然后，他又自问自答似的说，"多少钱才够花哩？人心没个够，知足就够了。知足常乐呵，同这爬山虎一样哩。"

我奇怪了，问着："怎么就同爬山虎一样呢？"

他那一脸的诗文，又笑得抖着："爬山虎爬多高，才算高呢？可是它，一年比一年爬得高呢！"

我也笑了，莞尔间明白，这老人也像爬山虎一般，不求多高，年年爬，一年比一年绿荫多，没人在意，它自己也不以为意，但它还是一年比一年多一些碧绿，给这楼上楼下的人们。

晚霞里，我被眼前的大片镶了金边的碧绿迷住，痴痴地举起手机镜头。

修伞的老人，看我给爬山虎拍照，赶紧，挪动板凳躲闪，我微笑了，邀请他："能不能，让我拍一张您和爬山虎的合影啊？"

绿莹莹的爬山虎在我的手机里蔓延，一年一年，一夏一夏，爬山虎量力而爬，不觉间，绿荫越来越多；一年一年，一夏一夏，这修伞的老人，尽心尽力修理伞具，不苛刻，不勉强，尽心力，顺自然，一伞二伞三把伞……越来越多的清凉和晴朗在老人手下延伸，也越来越多的凉爽举在人们手上，晴朗多多撑在人们心头……如同爬山虎一般，率性自然，本真知足。

老人和爬山虎的合影存在我的手机里，凡尘俗事多得掀不动的时候，我只管翻着手机来看，看着茂盛的爬山虎旁，老人"多少才是多"的笑纹和

"知足就是够"的神情。

日子淡然前行，爬山虎年年爬绿，如老人每个夏天一伞一伞地修补荫凉和晴朗，不计少多。

有一次，读到一首诗，写的是爬山虎——

你的生命虽非姹紫嫣红

却有着永恒的绿色

你的身边虽无蜂飞蝶绕

却有着独特的魅力

你不浮躁不会哗众取宠

默默无闻脚步扎扎实实

待到落英缤纷随风舞

你却披上炫目的彩虹

读着读着，这些诗行如此眼熟，想了一想，它和修伞老人脸上的皱纹，何其相像……

那一墙披着晚霞的爬山虎，我喜欢。

今夏与你相逢

从一本时尚杂志看到,幸福法则之一是,要去旅游了,以向往的心情期待着。

这次旅游目标,20天前就知道了。这在我近年的旅游史上,算是知道得够早的了。往常去哪里,总是提前三两天决定,最多一星期知晓。

这一次,先生却提前20多天告知我和儿子,暑假带我们去武夷山。

于是,上网,查路线,火车路线、航空路线,查来查去。期待无限,越了解我越爱。

在电视上,看到很多武夷山的画面;在网络上,也看到一些武夷山的视频。

最迷那里的采茶女。我知道,大夏天的,我到那里,是看不到采茶图的——那份美好,想象无边际。但是,我知道,竹筏漂流,是一定可以的。清澈水,碧蓝天,大朵白云花,苍苍山。我坐立竹筏上,乘着清凉,直饮清风,品味山珍美景,或者船家还能引歌一曲。那里的山和水,是不是吃着茶女和船工的歌声笑语,长成这大地上的生花妙笔的?我想象着,充满向往,浴在武夷山的魅力里,我对它的相思,蔓延着。

从网上得知，最令我向往的九曲溪，是"中国最美的溪流"，发源于森林茂密的武夷山自然保护区，黄岗山西南麓，全长62.8千米。其中一段河流形成深切的河曲，使9.5千米长的河流，直线距离仅5千米，曲率达1.9。我想象着九曲溪的山绕水转、溪水晶莹，是否真的曲曲含异趣，湾湾藏佳景？

山耸千层青翡翠，溪摇万顷碧琉璃。

这翡翠、琉璃，令我期待着，心上天堂般地美好起来，似乎抬头已见山景，俯首观得水色，侧耳听得溪声，伸手抚着清波了。

想那清澈的溪水本是武夷山的灵魂，我的心，已乘上古朴的竹筏荡入山光水色之中，融入那神话般的境界里⋯⋯

长在中原，武夷山于我，是遥远的；向往远方，武夷山于我，是迫近的；在地理书上，学习过山脉这一章，武夷山于我，是地图册上的一条画线，我只在一侧标注它的芳名。

如今，我要携了这些记忆和心怀，走近它，贴面凝视，它清澈的眸。"我见青山多妩媚，料青山见我应如是"，古人的自信，我不敢攀比，但诗人的古雅我是追逐的，期待武夷山见我，多一份开心和欢笑，我必欢颜如花，歌声如锦。

我已深深爱上武夷擂茶，从网上看到擂茶的制作和特色。我想象着，会像喜欢开封杏仁茶一样迷上它。曾经，为了一饮芬芳宜口的杏仁茶，一到周末，我和先生驱车奔赴，到了就饮。临返，必要加饮一碗，有时还设法带回一暖壶给亲友。如此一作打算，先生忙捂住钱袋，问我："你不会从此以后，每到周末都飞去武夷山喝擂茶吧？"

我把有关武夷山的美文、小说片断，都寻了来，一并看着，琢磨，到底哪个武夷山，会是我将要际遇的模样？每个时代，每份心情，每人，每刻，情不同，景不能同，所谓"一切景语皆情语也"，他人非我，我亦不是他人，武夷山是否为我心中的"佳丽"？是否是我脑海里妙趣横生的青蛙王子一般？万千，千万，不要是变不出王子的青蛙呀，因为我的心上有一道魔咒："看景不如听景。"我期望着，我的心是那朵玫瑰花，我是那美丽公主，可以让青蛙变王子，变出它的美丽我的期待，与你携手，妙如天堂……呵，想象，猜测，武夷山是我心中俏模样。

向往着是美丽的；美丽着的，更是心上的向往——心上的武夷山。

静静的，清凉的你，等着呵，等我来，今夏，与你相逢……期待的心，腾挪你的曼妙；你的清逸，氤氲得我的今夏，凉爽、幸福。

炎炎此刻，在那青山绿水间，我的心我的魂，已静坐在竹筏上，听船工讲述那夹岸景致的传说，一阵阵清凉爽彻肺腑……

一 窗 秋 色

喜欢那一窗秋色。

那一窗金色的秋，那一窗华丽到荼靡的金黄色。喜欢，还是喜欢。那一窗的凋落和纷纷而下。

"自古逢秋悲寂寥，我言秋日胜春朝。"我喜欢秋的寂寥，秋日不比春朝的意气风发，于我，却是合宜地喜欢着，喜欢它的寂寥无声，退落也无息，逝去更不言，护花无语，入地无声，蕴蓄深几许。

最喜秋来做我心事的帷幕。

望着秋高气爽，天高云淡。我说，秋天来了，秋天真美，我爱秋天。

我在秋天去凤凰古城，我在秋天去看武则天的无字碑，我在秋天回首往事，去北京看香山红叶……我在秋天，永远在秋天想起，想起童年的晓窗外，那一片金灿灿。那令我炫目的美丽秋意，动魂魄的秋夜里，动人的呼吸声，由远而近，是梦要新生，是心在发轫。

秋意正浓，情也更重。

"你在哪里？"我问自己。

我在岁月深处。凝眸，我童年的思恋，少年的向往，青春的畅想，中年的思索，老年呵，老年，我在此时想你，你已在我指端，在我额际，在我眉眼，在我脚下土地、身畔。清风，我已恍惚见你，见你淡淡步履，蹒跚在夕阳那端，我以我今天的淡然和坦诚，走向你，走近你，看到淡然的容颜，迎我以清清眸色。

秋风扫落叶，我愿我人生的落叶总被秋风扫，不堵不塞，该离开只要离开，秋更高，秋色更远。

一窗秋色，安详疏朗，宁静恬淡，是秋色，著秋意，呈现在心窗里。

我从来不问你："我们去哪里？亲爱的岁月。"

但是，并不意味，亲爱的岁月，我对你放任，和对自我放弃。心明了，即使，我不睁开眼看，心也知道，灵魂的方向；即使，信马由缰，灵魂自流，你以有形无形造型着我的人生足迹。

我也曾经茫然，以为种梦在沙漠；我也曾经无望，以为张开翅膀风就停。我转身，转身，再转身，我就要离去，走在离去的路上，回头望的时候，我发现一丝绿，刚才站立的脚窝里，生出一丝绿意。我张望着返回，哭泣的泪水，点燃一片绿洲。我干枯的心灵战栗不止，庆幸自己最后一秒的坚守湿润了灵魂。

如今，这一窗秋色，镶在我独守的心灵，祭奠人生路上所有谢幕的葱茏和碧绿。一窗秋色，原是一世梦影酿就，从冬走来，经春历夏，烈烈风里凝结出岫，叫我如何不喜欢。

我欢喜着，欢喜，种在沙漠里的梦影，婆娑起舞，生花妙笔，是岁月的手臂，是意志的指引，灵魂坚守在岁月深处，岁月深深自有灵魂的帘幕无重数，无重数次地坚守，坚韧地托起，托起，长在沙漠里的梦，生芽，生叶，生枝，枝繁叶茂，芽生不息。

一窗秋色，叫我怎能不喜欢，喜欢你的回眸淡泊，低眸安详。淡淡，静静的，是秋色，秋意，窗里窗外，我的心境，无言，不言，忘言，在宁静疏朗的秋。

我喜欢，喜欢心上的这一窗秋色。秋色里，静谧流溢，流溢得，岁月，厚厚，实实。这一窗淡极淡极的浓浓秋色。

夏威夷的沙和水

看过一些地方的海，踏过一些海滩的沙，踩过一些海边的水。

感觉每个地方的海都有所不同：一样的海面，不一样的浪花；一样的浪花，不一样的海水；一样的海水，不一样的沙；一样的沙，又有不一样的文化。

夏威夷的沙和水，就是细，就是清，就是净，就是澈。干净得跟神话似的，清澈得就像童年，人们在那里玩耍，就是在嬉戏一首童谣。

人们纷纷下海，穿潜水衣的，坐潜水艇的，乘海面快艇的，更有许多游人卷起裤角赤足去踏浪。

大人和孩子，捡拾贝壳的，搜集小珊瑚礁的，捉小蟹，抓小虾，堆沙包，挖水谷……各忙所忙，各乐所乐，忙得不亦乐乎，乐得乐在其中。

随着一阵阵浪打来，孩子们要踩在浪花的蕊里，海却像一个顽皮的小伙子，躲闪起他的浪花，不肯让孩子们踩到，逗弄得孩子们哇哇叫，引得大人们哈哈笑。

淘气的浪花扑湿了小孩子的裤子，索性就光着小屁屁任浪花水花来舔一舔，亲一亲，自己还兴奋得"啪——啪——"拍一拍，大海也笑得摇晃起来，高大的椰子树也前仰后合的，宽宽的芭蕉叶更是招展得厉害，喘吁吁的。

孩子们的脸，早已笑热了，涨红了，脱在海风里晾晒着的小衣服也飞舞着，小男孩突然发现他一丝不挂地暴露在阳光下，不好意思起来，喊他的爸爸："快给我堆好多的沙吧！"

爸爸在"使坏"："快用沙子把身子盖起来！"

小男孩就着急地抓来一把把沙子，往上面捂着盖着，怎么也盖不住，沙子不停地往下落，流水一样。小男孩还在反复着这样的动作。

她的妈妈看到这天真的一幕，不失时机地举起了摄像机，呵呵，全收进时光的记忆里了。

一抬头，发现了妈妈的所为，小男孩抓起沙子，冲着妈妈的镜头撒过去。

恐怕"迷"了机器的眼睛，妈妈笑着把镜头转向大海那碧波、椰树的椰果和那沙滩上人们的笑脸。

爸爸见自己的"诡计"被识破，也笑起来，卖力地给儿子堆沙子，手脚并用着，把儿子的下半身"藏"在沙里面，一回头，才发现，大海也把他们的欢喜悄悄藏起来了，一不小心却被浪花打翻了，抖落在岸上："哗啦——"

啊，夏威夷的沙子净，可以琢我心；夏威夷的水儿清，可以濯我情。夏威夷的沙和水，琢出我美丽的童心，濯亮我心灵的童话。

夏威夷的沙和水呵，在阳光下轻唱，如此美好，像是传说，让我痴迷，让我沉醉。

海南男人

我第一次在大街上看到男人哭,是在海口。

打着手机,流着眼泪。

边走,边打电话;边打电话,边流眼泪。

一个男人。

我刚到海口的那个傍晚,牵着儿子的手在街头闲逛。"那个叔叔怎么了,妈妈,他怎么哭了?"

我示意儿子不要说话,快步走了过去。不让儿子回头看,我的心却一直回头看。不断地有几个字,在心板上跳来跳去:"海南男人,海南男人。"

"叔叔为什么哭啊,妈妈?"儿子还在问我。

"你说呢?"我反问。

"他妈妈打他了?"儿子猜一句。

"是啊,可能和妈妈生气了。老换小,也许是妈妈在气他,气得哭了?"我也猜一句。

"是和小朋友打架了吧?"儿子又猜一句。

"是吧,也许是朋友间、夫妻间,或者与什么人之间,有解不开的结?"我又猜一句。

"是不是叔叔也把油画棒弄丢了？"儿子可能联想到他把油画棒弄丢了，到了绘画班却画不成画，着急地哭了，于是他又猜想道。

"是了，叔叔肯定也是不小心，丢了爱，丢了心，丢了心血，才伤心得哭了。"我也就顺着猜，却想到大人和孩子的世界是相通的，都是为了当时当事正"重要"的东西流眼泪。

就这样，我和儿子猜测着，走回住所，可那带了声的男人哭泣，在我的虚想胡猜里晃来晃去。

晃到第二天，我们逛完万绿园等公交车的时候，儿子举着一个纸团，喊："妈妈，谁的？这是谁的？"

刚走过去一个瘦身影，我隐约感到可能是他落下的，就"入乡随俗"地称呼着问："小弟，是不是你的东西掉了？"

也许儿子声音太小，也许我声音太细，那个塞着耳机的背影，就是听不到。引得"摩的"帅哥猛按喇叭，海南阿姨也一同唤着，那个身影才佐罗一般酷酷地扭转来。他耳朵里依然塞着耳机，年轻的脸上，是高仓健那样的深沉。他深沉地从儿子的手里接过那纸团，是一张20元的纸币，深沉地不说一句话，不点一下头，深沉地转身，又深沉地走远。

望着他深沉的背影，"摩的"帅哥和海南阿姨不迭地点评："怎么这样？一个谢谢也不说！"

儿子还在安静地站着，我抚一下他的头，望那背影，笑一笑，说："心情不好！"

"心情不好也不是这样的！""摩的"帅哥和海南阿姨显然不平。

大家相视笑一笑，我牵着儿子的手上了公交车，车上有一个大学生模样的小弟给儿子糖果:"小弟弟,吃糖!"

儿子说:"哥哥的糖跟哥哥的笑容一样甜。"

我点头向这满面春风的小帅哥致谢。

我想到,男人的颜色是不能完全一样的,正直的"摩的"帅哥、沉默的海南小弟、微笑的海南小弟,都是海南树在阳光下不同的颜色哩。

车到海瑞故居,我给儿子讲,这里曾住着一个老爷爷,他的心啊,也跟阳光一样亮,跟糖果一样甜哩!心里想,这老人该是海南树里最挺拔的一棵。

看着道路边高的、大的、矮的、小的,棵棵不一的树,新绿、嫩绿、油绿、墨绿,深浅不一的绿色,我不禁笑起来,脑海里又跳出第一回乘海口公交车的情景——一个声音像阳光一样亮的司机师傅,一路高喊:"后车来了,后车来了。"

他的车晚点了,要赶点哩,所以不能多停车,每一站,他都指着紧跟在后面的车,高喊:"后车来了,坐后车!"阳光一样的声音,赶着车,车子开得也像阳光一样的摇晃,让我感觉可爱又搞笑。

我坐他驾驶的车到终点站,又坐他的车返回,他快快地到站里办手续,又快快地赶回,他笑一笑,我也笑一笑。

返回的风景变得有条不紊,缓缓在我眼睛的取景框里掠过,不紧不慢了。

他已收起明亮的声音,只管开车,驾驶动作也像阳光似的,轻盈又快乐,在车厢里散发出一种喜洋洋的感觉。

当时,我在心里微笑着认定这司机师傅是"海南男人"的大多数,他们平凡又敬业,乐观又豁达,一路高歌,一路生活。

阳光的海南男人，是海南的中坚，是海南的砥柱。阳光下走路，足上可能有尘，有影，不妨一时沉默，一时流泪，但心灵和身体都不要远离这阳光。披着阳光的海南男人，正播种着，开拓着更多的海南阳光。

夏日的乌镇睡着了

炎炎烈日下,我抵达乌镇,它正在午后安眠中。

水是静的,树叶是静的,人影也是悄悄的。

拖着行李,我走进西栅民居,乌镇的阳光也是静静的,无响的日子和时光啊,我一下子无响深醉,醉于它的天与水、光与影的不声不响之中。

房东也是安静的一对中年夫妇,他们安详地安排我的食宿。临窗观水,我看到轻轻摇的小船,静息着蓝花布的身影。陪伴我品尝定胜糕江南饭、水乡佳酿的,只有乌镇那一树蝉鸣。静静的水面上,那声响也明净安稳,凝聚着一份夏日水乡午后的静谧。

静谧的午后,我轻踩着石板路,走进古色古香的西栅邮局,把水乡的午后静静地寄出。一份舒爽,一剂清凉,给远方,给惦念着的时空,指尖拈着的是这里时光的一瞬,是乌镇的爽,是水乡宁和的夏,风中传递去的是一世的安好,盛满心上的静美。

夏日的乌镇睡着了……随我邮递它的美好,任我采撷它的安谧,由了我去,在它的安静里,闲云野鹤地逛。

看它的红桃，看它的书香，踩踏它古老的岁月和时光，沿着它的印花布前行，走进它干净纯美的世情世风。看着它的历史，摩挲它的今朝，无声无响的阳光下，它只是无声，我也不响，不声不响，灵魂已泊在乌镇千百年。千年一叹里，我吮吸它的美丽，水令它秀逸，桥令它多彩，房东的年糕里，是它世世代代不变的热情。

飞一只竹蜻蜓，点水乌篷船的沧桑；竹圈套中那只布艺小猴，锁定水乡童顽节的快乐；亲手捏下的泥人，为它注明水乡户口，让它定居乌镇西栅，守候我似水年华里爱恋过的花儿草儿人儿……

夏日的乌镇睡着了……我静静，大胆地想象，在我如花的年华里，那如水的爱情，那牵手的心意，那可爱的羞赧……我想，来这里的人，是来寻找一份爱情，犹如年华似水里，搜寻过的那份水一样的爱情，过去时，进行时，将来时，在这里，水一样的安静流淌，流淌一份期许或祭奠，情系乌镇，爱在水乡。这里的乌镇睡着了，似水年华里的爱情，一朵，一朵，醒着，静静穿行，在心头，在石板小路，在弯弯小桥……定定，它的眸里，年华似水……

夏日的乌镇睡着了……没有年华似水的思索，也没有似水年华的沉吟，只有我，我是此时乌镇的主角，和它的安静一同睡去的，是我的一颗心。睡在梦和想念里，只管沉溺，耽于幻想；没有纯真的默默，没有真诚的文，没有痴情的英，只有我，只有齐叔一样淳朴的青砖白墙与雕花门窗，而行在青水古桥之上的我，是乌镇此时全部的爱情，浪漫地游走在每一砖瓦，风流地倾心寸寸光阴。

夏日的江南水乡，我思念生生世世的文人骚客，想念每一位红尘男女的初见月，初怀人。揣想千古不变的月下，怀想水边相望，是怎样的一份静谧安详，犹如这夏日的乌镇，陶醉着多少有情人的梦，淡淡泊着的，是梦，是想，是怀恋，泊在岁月的天、水、心上。夏日的乌镇睡着了……

　　夏日的乌镇睡着了，阳光下，我来轻轻掀动，掀动，它所有的爱恋缠绵。

走在合欢树下

夏日的午，雨过天晴。

小儿喊着要去操场骑独轮车，陪他来到寂静无人的跑道上。

他认真地操练，我提着他的陀螺和"道可道"读本。

阳光一耀，适合他晒着补钙，我却躲在合欢树下。茂密的合欢树，围着跑道浓烈生长，绿油油的叶直堆成小山丘的模样，粉粉的花，绒绒的，轻梦一般绽放。我走在合欢树下，陪着小儿，他边大声地背"道可道，非常道"，边疯狂地骑车。背至"天长地久"，他淘气地接前一章的内容"是谓玄牝"。我纠正，他依然故我，一想，也对，谷神不死，是谓玄牝，天长地久，也是玄牝。我给他说，意思可以这样理解，背诵还是要依照原文。

他快乐地淘气，错着背，错落着背，错落有致；我快乐地给他纠正，纠正再纠正，直到合欢树叶随风摇摆，洒下粉粉的花……

他停了他的车，来到树下，拉我的手："妈，花落在你头上了！"

他帮我捉头上的花绒绒，我拒绝："不用，我也想变成一棵合欢树。"

花树下，走着我的白衫蓝裙，雨后的风，吹来，长裙扑闪着双腿，是我最喜欢的感觉。合欢树下走，俨然，心灵静谧成一棵树。

小儿却"啊呀"一声,"咔嚓"——我听见,他的脚下一响。低头细看,小儿已抱拳致歉:"对不起,小蜗牛!"

我一挪步,"咔嚓"又一声,小儿连忙又赔不是:"原谅妈妈吧,她不是故意的。"

一起弯下腰,察看:"妈,这里有好多小蜗牛呀!这个,这个,这个……大的,小的,更小的,更大的……"真的好多!树底下,花坛边,石板上……这里还真是一个热闹的生灵世界,大自然的法则,真的在这里体现,它们是多么和谐,是儿子背诵的那"天地人合一""道法自然"。

这里是"道"的世界——我说。儿子背诵"天地不仁""圣人不仁",并不真懂其含义,其实是"天地大仁""圣人大仁",我无意于讲解,只是和小儿一起,静观这里此刻最和谐的天地人合一的世界。

儿子说:"妈妈,咱们一起来抢救蜗牛吧!省得咱俩再把它们踩住!"

头顶上,青枝绿叶的合欢树生得繁茂,花儿开得正鲜艳。

我说:"算了吧,这么多,救不过来。"

"没事,妈妈,我来,我能救过来。"小儿充满气概。

看着小儿,一只,一只,抢救小蜗牛,我想起大海边的一道人生题目——沙滩上的小鱼,救一条是一条,这条小鱼在乎,这条小鱼在乎……儿子快乐地唱着改编的歌:

阿门阿前有棵合欢树

蜗牛背着重重地壳呀

一步一步地往上爬

……

小手不停地捡起，放花坛里，放小树上，放草叶间，放花丛中……这只蜗牛在乎，这只蜗牛在乎——我也开始弯腰，捡起，放下……蜗牛接到泥土的那一刻，我的心也触到土地了，地气儿腾升进我的胸中，我才知道，合欢树下的美丽这样多！

我想起，童心更接近神性。神性和自然，总是与儿童在一起。这里有绿树，这里有红花，这里有天地人道合一的美好玄妙。我背诵经典，并不懂经典，小儿不懂经典，却小小童心里蕴含着经典的精神。

合欢树下，走着我、小儿、蜗牛……还有自然之美、哲理之趣……

心是一朵洋葱

一朵花似的洋葱,我拈着切。洋葱的辣刺痛我的眼睛,我去擦眼泪。

儿子问:"妈,你怎么了?"

我说洋葱刺得我流泪。

儿子跑去厨房:"妈,洋葱也在流泪。"

我笑起来:"哪里会?"

"真的,不信你看。"

果然,洋葱的蒂和菜板上,都有一汪白白的汁水。

它刺得我流泪,它也流眼泪了。

1

早晨起来,我就和儿子争吵。因为我想让他多睡一会儿,没有6:30叫他起床。他生气,他在闹,嫌晚了;我吼他,我也烦,嫌他"事儿"。

他外祖母走的时候交代我:"大清早的,不要再吵了,更不要打孩子。"

儿子在阳台上透过窗户，看到外祖母在和我耳语，叫道："姥姥，不许说我坏话。"

"孩儿，你不知好歹，姥姥是叫你妈别再训你！"外祖母笑道。

外祖母出门前对我们说："好了，我走了，你俩别吵了啊！再见。"

"姥姥再见。"儿子说着一扭脸，皱起鼻子要哭，他居然要抽自己耳光。我明白了，他觉得不该对外祖母叫嚷："大人不会和小孩子计较，姥姥已经原谅你了！"

他还是哭了出来。

"别哭了，快吃饭！"我又冲他喊。

他撇着嘴："洋葱刺完人，洋葱也得流泪，你凭啥不让我哭！"

我好笑，他还有理了。

2

儿子执迷不悟地打游戏。我愤怒地揍他，一巴掌下去，五个指印起来了。

儿子放声大哭。

我怒喝一声："闭嘴！"他果然不再作声。

一扭脸，我的泪也流下来了。

儿子乖乖写作业去了，不再生是非。

晚上散步的时候，先生说："禁玩也不好，可以适当让他玩……"

临睡前，看着儿子睡熟的小脸，我检查他的日记——"妈妈打我了，像那个洋葱头，打哭我，她也哭了，我痛，她也痛。我以后听话不玩游戏了，可是我非常想玩怎么办呢?"

儿子写得语无伦次,我和先生看了,明白了儿子的矛盾心理。

3

我跟儿子谈心:"妈妈打你,你生气吗?"

"不生气,妈妈是为了我好。"儿子搂住我的脖子,趴在我肩上,亲我的脸。

我良久无语。

儿子说:"妈,以后不要当洋葱了,我也不当洋葱。"

哦?我看着他,那是星星一般清亮的眼睛。

"妈,洋葱让人流泪,它也流泪,你是,我也是……"儿子的小嘴在说。

我明白了,伤害是相互的。小小的儿子想表达这个意思。

我在儿子脸上亲亲,对着他笑。

"妈妈,亲亲也是相互的。"儿子乐呵呵地撒娇。

是的,爱也是相互的。

4

邮箱里,朋友发来一个经典的小故事——

发脾气的小男孩,发一次脾气在木头上钉一颗钉子,一颗,两颗，三颗……小男孩后悔了，道歉一次，拔去一颗钉子，悔过一回，拔去一颗钉子……钉子被拔光了，可是，一个个小孔，消弭不去。

妈妈对他说："这就是伤害的痕迹，它是抹不去的。"

这个故事意味深长。美妙的音乐里，我和儿子一起听完这个故事。儿子有所感悟："妈，钉子也像洋葱头一样，让别人流泪，自己也流泪。小男孩发脾气，让人难受，他自己也难受……"

我对儿子说："洋葱流泪不能更改，它没有生命，没有心。人是有灵魂的，人应该学会管理自己，不伤别人的心，自己也不伤心。"

儿子似懂非懂地点着头。外祖母说："把洋葱放水里，它就有心了，不让人流泪，它也不流泪。"

先生呵呵地笑。

洋葱气味不刺人眼了，问心无愧了，它的泪也就成为清清的水。

每个人的心，是一朵如此的洋葱呢。

每个人都是一朵雪花

1

周末的清晨,我在厨房洗碗,抬眼看到楼上有一星飞屑飘下,以为是空中落物,再抬眼,哦,又一片,还有一片,好像是雪?

"哇,就是雪!下雪了!"我大声对着客厅叫。

"哪儿呢?"

"真的吗?"

老帅和小帅都凑了来。

"没有哇。"

"瞪大眼睛看哪!"

"就是下雪了。"先生慢悠悠地下结论。

"哇,真的是!"儿子高兴地跳起来,"我要堆雪人!"于是,儿子自觉地去写作业,"我要快点写完,我要快点玩雪去!"

2

　　我去小区的菜园子里散步，看着雪花飞成片，舞成花朵，心上翩翩起舞了少年的记忆。童年，在乡下，在田间，那是真正的雪天，漫天飞舞的是雪，奔来呼去的是小朋友们的脚步，喊雪的，跳雪的，欢天喜地。在纷飞的雪天里，是农家孩子的一份无与伦比的快乐，天赐的欢娱，比城市的布娃娃更爽快，更率性。我至今怀念，那份雪中飞跑的欢畅与淋漓，那齐声的叫喊，直入云霄。通透的嗓音，我当时以为嫦娥和吴刚也能听到，我甚至想象过，那棵桂花树也在月亮里冲我们招手，它也想下到凡间来，跟我们一起玩。我说给外婆听，外婆笑了，她说："你是听七仙女下凡的故事听迷了，以为什么都能下到凡间来！"

　　于是，堆雪人的时候，舅妈就照着我的想象，堆出一棵桂花树来。

　　多少年过去，我会想起它的模样，感觉有淡淡的花香，伴着经年后的雪花飞。

3

　　大学的校园里，有一个梅园，里面栽满了梅树。雪天的时候，同学们三三两两，或成群结队地，去听雪闻香，喳喳的笑语是女生的心声，嘭嘭的脚步是男生的快乐。青春的雪，是那样洁白无瑕。有摄影师捧了相机立在那里，为女生拍下一份"纯"，为男生留下一张"梅花欢喜漫天雪"，也为合影的男生女生的"雪中情"立此存照。离开青春的站台，我翻看那些老照片，总能看到上面深深的雪痕，还有青春眸中雪的洁白与纯净。

总也记得，正是睡懒觉的周日早上，有人推开窗户，霹雳一般地喊："哇！"恼得梦中人一个个怒火中烧，紧接着三个字，"下雪了！"所有的恼怒烟消云散不说，一屋子的懒虫全都在被窝里雀跃起来，纷纷跳起来穿衣，吃完饭后就迫不及待地出门去。

这样的细节，我在英迪拉·甘地的传记里发现，它是同样的美妙。所谓青春的可爱与曼妙，都是一样的，亦是雪的神奇与可爱，犹如满宿舍楼睡懒觉的姑娘们。

下雪了，我读的那些雪花诗句，给学生讲析过雪的故事、雪的境界，如冰山，如海潮，也如雪花，飞来飘去，露一点点峥嵘，那些雪的岁月啊，稠呢，密哦，蜜一般，亦秘籍似的，待后来人，去阅读，去感悟，去领略——各人独领略各人的一份去吧。

有称雪如盐的，有称雪如梨花的，有称雪花大如席的，有飞入芦花都不见的，有夜深入定偏要湖心亭看雪去的，小船儿一横，扁舟两三点，水墨画一般，而毳衣炉火的那点暖，那么纯青，执着照耀，闪烁着一点红，亮在岁月里，还有那蓑衣下的一钓，钓了千年万年长，钓得雪的神韵风采，流淌在后人眼里心上，更有钓者的身影，不雕不琢，塑像一般，屹立在有雪无雪的天地之间……

4

掌心的雪，化无痕，却有掌心化雪的意与神，流淌不尽……

我想起，道可道的天地，不可道，如雪；名可名的人们，不可名，如掌。多少岁月蹉跎，多少世态炎凉，自有一份雪化的铁律，在掌，在心，在浩然的空气里。

空气从来不空，天空从来是满满的空白与虚无。如雪吗？有雪的白，雪的有形与无形，成花飞舞，蹈满天空；遁形洁白，装载天空，满的天空，原是雪无形。不着痕迹里，空也不空；无声无息里，天地腾挪干净。洁白的故乡，是雪花吧，雪花其实沾染了尘，藏污化秽，雪之能量大到无，无穷的东西，都是空气一般空无，如雪。

雪，下着下着，就没了；没了的时候，它就开花了。雪开满天飞，雪开满天白，漫天的洁白，纯净了人心与世界。

5

孩子写好作业，拎起他的轮滑，他要到外面伴着雪花一起飞舞。

他在雪里，仰脸，张口，舔一舔。

我想起他上幼儿园的时候，指着满天的雪花对我说："妈，下糖了！"

此时，我听见他说的是："妈妈，雪花是没有味道的，没有味道就是好味道啊！"

他顽皮地笑，我制止："雪里有灰尘，不能吃的。"

小小的少年，踩着他的轮滑，飞一般飞着："妈妈，我跟雪花一样，也有过滤功能哦！"

我笑了，想一想，真的呢，人如雪，雪如花，雪花飞飞，每一个人都是一朵洁白的雪花，行走在天地间，天地广袤，人生微渺，一年一年，一代一代，人类读雪，雪又何尝不在读人呢？

赏雪，在天地间行走的人，是雪的魂；读雪，每一个人都是书写在天地间的一朵雪花。

6

一片一片又一片，两片三片四五片。
六片七片八九片，飞入芦花都不见。

这是清代乾隆帝与纪晓岚合作的咏雪诗。小城的文友一起赏雪，文学院的安老师念着念着却迷惘，他问大家："是咏雪的吗，怎么像是在说人呢？"他接着发散他的思考，"何是雪花，哪是芦花？"

"人是一株会思考的芦苇。"——这一句帕斯卡尔的名言，安老师提起来，让大家剖析："我们是芦花呢，还是雪花？"他陷入深思。

大家跟着他凝神，多思快语的诗人艳却说，她这时想起了上帝的微笑："人类一思考，上帝就发笑。"这是一句犹太谚语。

静观——天地间，雪在下。

墙壁上的金鱼

1

两尾鱼在墙壁上欢畅地游。

中午时分,来往的行人,都驻足,纷纷仰头,看那两尾金鱼。

两尾漂亮的金鱼,在小学校门口,墙壁上,游来游去。

2

行人,纷纷驻足,仰视着,两尾美丽的金鱼。多么快乐的鱼儿啊,刚冲出教室的少年李小灿,望着它们,张开了嘴巴,露出两颗小虎牙,笑着,想着,想起了——

小的时候……

那时候自己上幼儿园大班,家里就养着这样漂亮可爱的红色金鱼。不过,是三条,两条大的、一条小的。

妈妈说："小的是小灿。"

爸爸说："细尾巴的是妈妈，妈妈总是苗条条的很漂亮。"

妈妈说："脑袋最大的、粗尾巴的是爸爸，爸爸是高大健壮的模样。"

那时候的家真漂亮啊，跟红色的金鱼似的，喜洋洋的，和金鱼一样漂亮。小灿不知道漂亮这个词有多少含义，反正，他就是觉得，那时候的家是漂亮的，爸爸妈妈也是漂亮的，自己也是漂亮的。真的啊，那时候的家，看哪儿，哪儿都美！就连家门口的垃圾箱都是漂亮的，家里飘着漂亮的味道——昨天，小灿用漂亮这样造了一个句子，语文老师还说用词不当，可是小灿就是这样的感受啊，远远地望着家门，都会看到漂亮的气息飘出来。

3

可是，现在，不了。

自从，那一缸鱼打碎之后，那三条漂亮的红色金鱼死了，家里的喜洋洋也碎在地上，成了一摊水，瞬时就蒸发了。蒸发走的，还有家里漂亮的味道。

从此，家变味了。张大鼻孔，也嗅不出，以前那漂亮的味道了。远远地看家，飘出的是小灿伤心的叹息。

爸爸妈妈各拿了一个绿本子，分开住了。

三条鱼死了，爸爸妈妈和小灿，三个人，也不在一个床上睡觉了。

小灿不知道，这是为了什么。小灿，只是伤心。幼儿园老师说的伤心，就是很难受，比如，你最喜欢的东西，没有了，你流眼泪了，这就是伤心。

小灿想，他就是伤心了。

因为，他喜欢金鱼，金鱼没有了；他喜欢爸爸妈妈和自己睡在一张大床上，也没有了；他喜欢家里看哪儿都是漂亮的，漂亮也没有了；连门口那个漂亮的垃圾箱，都拆走了——记得，那时候，妈妈总哼着歌往里丢垃圾的，这些，也都没有了……没有了，流泪了，就是伤心了——小灿的老师说，小灿理解得真对。老师表扬着小灿，不知为什么，揉着她自己的眼睛，小灿看到，老师的眼睛都红红的了，小灿忙说："老师，你不是说不能总揉眼睛嘛，为啥你还揉呀？"老师说："是啊，是了。"居然，嗓子也哑起来。

想到这里，小灿忍不住，唉了一声。他也记得，第一次和爸爸一起，两个人睡一张大床的时候，爸爸也是这样唉唉唉的，直到他睡着了，又醒来，爸爸还是唉了一声。从此，他也学会了"唉"。妈妈总说自己聪明，学东西快，原来，"唉"自己学得也这么快，妈妈要是知道了，会不会，还夸奖自己学啥都快呢？

4

明天，是自己的生日呢！妈妈打电话问小灿想要什么生日礼物？

小灿说："要妈妈回来，和小灿和爸爸还睡在一张大床上。"

妈妈说："小灿大了，不能三个人总睡在一张床上了。"还说，"这个不算，小灿要什么礼物？"

小灿说："要三条鱼，三条鱼住在一口缸里。"

如今，看到院墙的塑料袋里，游来游去，两条漂亮的红色金鱼。小灿，忍不住地露出两颗小虎牙来。

咯咯呵，小灿笑得可爱极了，他想起妈妈说过的话，要让牙齿天天晒太阳——"就是天天开心,天天笑嘻嘻的意思。"妈妈解释说。

如今,妈妈,在哪里呢?为什么不再给自己讲那露出大白牙的道理了呢?妈妈拿着她的绿本本,到哪里去了呢?

小灿望着墙上挂着的塑料袋里漂亮的金鱼,自信地想,明天妈妈就要回来给自己过生日了,到时候,一定求妈妈拿着她的绿本本,回来,跟小灿跟爸爸一起对着金鱼唱歌,一起在一张大床上笑着翻跟头,让家里漂亮得跟以前一样。

小灿想到这里,快乐地冲墙上的金鱼,挥手说:"拜拜!"他好像已经看到妈妈捧着他要的生日礼物——一缸游着三条鱼的"幸福牌"鱼缸,向自己和爸爸走来。

小灿兴奋地转身,居然激动得来了一个趔趄。

5

"李小灿,叫一下李小灿——"小灿听到班主任林老师的声音。

走出两步远的小灿,在同学们的叫喊声中,转回老师身边。

"李小灿,墙壁上挂的金鱼,是你妈妈送来的。她让我交给你,我没处放,只好挂在墙上了。你快取下来,拿走吧,看它们游得多欢啊!"

小灿的脑袋瓜子,一下子有点转不过来。

"不是,我妈妈说,明天给我一缸鱼,要三条的,这就两条……"小灿说,"不是的,不是给我的!"

林老师说:"是的,李小灿,是你妈妈在第三节课的时候送来的,她说你明天生日,她来不了……送你两条鱼,希望你快乐!"

林老师再说什么，小灿已经听不到了。他只觉得天和地，都是麻麻的木木的。

林老师把盛满水的塑料袋摘下来，递到小灿手上，小灿的手居然像小鸡爪一样，抖啊抖的，不小心，袋子和水都洒落在地上。

看了半天，小灿才看到两条红色的金鱼，很漂亮，挣扎着，在地上。

6

地面上，挣扎着的，红色金鱼，两条，真漂亮啊，怎么那么好看。好看，漂亮！

小灿看得晕晕乎乎地，他感觉眼睛疼，揉着眼睛，往家走去……

小灿的爸爸中午上工地，不回家来，小灿爱怎么揉眼睛，就怎么揉眼睛。少年李小灿的眼睛，揉的，像是，那两条，红色的金鱼，一样红……

艳艳红菊

敲出这4个字，手上是痛的，更有心怵。

艳红、艳菊，是两姊妹的名字。

名字是挚爱她们的妈妈给取的。

妹妹2岁、姐姐6岁那年，妈妈走了。

她们的父亲是烟鬼，是酒鬼，还是——赌鬼。

要强的、爱面子的妈妈，是万般无奈一时糊涂喝敌敌畏，死去的。

妈死之后，爹依然不照路数，其实是更"自由"了。他可以为所欲为，没有人再管他了，也没有人给他较劲。

不到半年，这样的男人，竟然又娶了新媳妇。新媳妇是山沟里的一农村女子，那年代，做工人的男人，每月的工资，吃商品粮的身份，对她来说，还是诱人的。她说她住的那老家，下雨天连鞋子也要拿出来接水，要储水，那里是没有水的一个地方，干呵，渴呵！能这样自由喝水真是神仙呵！她说着自己过去的生活，她满意这样的生活，只要有水喝，有男人养活她，就好。

男人依然如昨。这续娶来的女子不久也有了自己的骨肉，男人的恶习，导致家里食不果腹。

一个黑暗的雨夜，狂风怒号。这女子，这后娘，恨着男人咋还不回来，恨着两个姐姐偷吃了小妹的一块小蛋糕，那年那月那样的家庭，蛋糕太过奢侈，奢侈到那是小妹的独享。对男人，对两个前窝孩子，千仇万恨，这个可怜的——这个让人切齿的妇人，这后娘，居然，拎起菜刀，挥向两个小女孩，此时，大的9岁，小的5岁。

大的当即没了双腿，小的一闪，趁着后娘还在疯狂地冲姐姐挥刀，爬了出去，钻进邻居的门洞："大娘，我姨杀我姐我俩哩——"然后就昏了过去，血淋淋的小臂膊，吊在空中，连着一点皮。

命大的俩孩子，居然活了下来。

多少年又多少年之后，没腿的姐姐，失去右臂的妹妹，姐妹俩开了一家米线店，小店的名字，就叫艳艳红菊。

姐姐坐在轮椅上为客人涮米线、炒米线；妹妹跑前跑后，一只手在残臂的帮助下，同时端得了两碗米线，有时是一碗米线、一碗汤。

妹妹的残臂上，姐姐的残腿上，常年装饰着十字绣的一瓣一瓣、金灿灿的艳艳红菊瓣，那红艳，那金丝线，永远都是亮晶晶，如同两姐妹吟吟的笑容。

妹妹说："姐姐绣的，为的是不倒客人的胃口，省得人家看在眼里不快乐。"

姐妹俩很卖力，不怕苦，周边人们，知情的，不知情的，好多熟客。加上小姐妹童叟无欺，诚信待客，量大份足，味道好，生意越来越红火。

在小城，这米线屋真的如菊，愈红愈艳了，吸引了电视台来采访。面对镜头，姐姐说："租来的生命，侥幸能活，我们要幸福地生活，像菊一样，红火，艳丽。"

提及过去，姐妹一起摇头，妹妹说："人生很短，艳红、艳菊，记住努力绽放就够了！"

没有人知道，她们也没有提起，她们还供养着那同父异母的妹妹上大学。妹妹学的是心理研究，她想弄懂，酗酒逝去的爸爸那些习惯怎么来的，怎么去掉？她想弄明白，姐姐的妈妈为什么会自杀，怎么让她不轻生？她也想弄明白已死在狱中的自己的妈妈，怎么那么恶毒地对姐姐……她想弄明白这人世，姐姐们的恩德，力量源自何处。她把自己的名字改成红菊，含着两个姐姐的善和美！

冷的风中雨中，你见过那红的艳的菊花吗？它们绽放的姿态，是怎样的一心一意，只以美丽存天地……

飘香的风

带着孩子学琴,他坚持要吃完煎饼果子再上学,我依了他。

这个煎饼果子摊是我熟悉的,40岁刚出头的煎饼果子师傅看上去像50多岁。他常说:"干体力活的,显老相。"

这一天的寒风里,寻不到他的影子:"便对孩子说,要个烧饼吧。"

孩子不乐意,说是煎饼果子更好吃。"喏,他在那里。"卖烧饼的说。

我们看到,他躲在一角旮旯里,依然围满等待的吃客。

终于手上正做的这个是我们的了。旁边有夫妻样的中年人在吵,声如裂帛。路过的人、等待煎饼果子的人都转了脸看过去,全是沉默。只有这摊煎饼果子的师傅冲着吵架的人:"人生苦短,不要吵了。"

"你不要乱说话,你又不知道人家为啥生气。"他的媳妇低声阻止。

他还是说:"人生苦短,吵什么吵啊。"然后,他讨好地冲媳妇,"是吧,媳妇!"

他媳妇笑笑。

我了解这两口子。他们是附近的农民,忙时种地,闲时就来街头卖煎饼果子。经济虽拮据,但两口子都是乐天派。

有一天，我看到两口子同吃一截甘蔗，你一口我一口，轮着啃。对面的小贩看到他俩这样，不禁说："你俩还怪浪漫哩！"

女的只是笑着，咀嚼她的甘蔗，男的说："甘蔗好甜，要不你也来尝尝。"

对面的说："我哪有你那样的心，我老婆天天埋怨她没件像样冬衣，不如人哪！"啐一口甘蔗，男的答："你老婆要是穿我当家的这样，还不要哭死，她这棉袄还是结婚时候买的呢。"

女的点头，含着甘蔗，一脸笑："照样暖和！"

我听得乐了，心里想，煎饼果子里都冒着乐呵的热乎气儿，这样的两人啥时都过得甜。

真的呢，我也看到过他们没有生意的时候猫在小街的角落里。冷风阵阵，两口子脸都吹皱了，但眼神依然舒展，笑吟吟地相望。风儿打着哨从耳边飞过，他们听听风，仰脸看白云："当家的，看那云多白，像不像那年结婚时候的样子？"

我笑着打断他们："来张煎饼果子，不要光顾谈情说爱喽！"

男的笑嘻嘻说："今天是我们结婚十五年哩，让我当家的跟我受屈哩。"

女当家不依："说啥呢？埋汰人不是，我啥时候嫌了？你要不过意，一会儿摊个煎饼果子犒劳我吧！"女的说着冲我和路人笑，男的乐得一劲儿点头。

我拿着煎饼果子走开，想起美国诗人勃莱说"贫穷而听着风声也是好的"，况且，他们的风声如此美好："赶紧我给你摊个煎饼果子，庆祝咱们结婚十五年。"煎饼果子的香裹了他们的说笑，从身后飘向风声里。

一颗晴朗的心

大均的父亲是我单位的老教师,大均是政策照顾,顶职进校后勤处工作的工人。

大均有癫痫病。

大均的母亲是精神病,有人说,大均其实也是精神病患者。

我们学校不大,也不算小。一介老师的我,心思只在完成教学工作上,对同志关心是不多的。

碰见过一次——元旦晚会前,大均对着工会主席说:"我写一首诗,我出个节目,朗诵朗诵。"

工会主席好像"嗯"了一声,也好像没接腔。

很同情地看着他离去。我帮忙给节目写串词的时候,没有看到他的诗朗诵,心里不知为什么有一丝失望,想向谁说句什么,却也罢了,毕竟,我也知道,节目有所筛选。

午后,我听到院落外面的操场上有吉他声。下午上课去的时候,看到大均操着他的吉他,练习他的朗诵:"我有一颗晴朗的心,我有……"

我从一旁经过,心想,大均还挺有"才"的。

后来的某一天,家里水管漏水了,我到后勤处找人修,各司其事地忙着,几个师傅没人顾得抬头,都对着置换下的旧电脑翻牌、打连连看。唯有正打瞌睡的大均,一下来了精神:"啥水管啊,哪儿的水管啊?走,我给你看看去。"他拿了工具跟我到了家里。

卫生间的水龙头经他一拧,"哗"的一下喷涌而出。我哭笑不得,手足无措。

大均说:"对不起,秦老师,帮你治聋子哩,又治成哑巴了,不中,我也弄不成了,得叫他们!"

于是他一通电话,打这个打那个,我也对着电话央求后勤领导,恳请帮帮忙。

好不容易,大水被治理了。我拿了一堆饮料谢他们,人家都喝着走了,只有大均,歪歪地走出了门,又折回来:"秦老师,我不喝,我不渴,你省两块钱吧。"

冬日阳光明媚的午后,人们还是会听到,操场上有吉他声,有歌声,有诗朗诵——那是一个人的演唱会。

"我有一颗晴朗的心——噢!看得见远方——那远方——"冬阳正暖,操场大杨树下,有一串响亮的声音,轻轻飞扬。

岁月深深,有晴朗的心,就会有浮世的欢喜,相随以远。

善良是一朵美丽的花

我骑着电动车从那条熟悉的小巷经过，正在吃午饭的修车老人，赶紧放下热腾腾的饭菜，我忍不住停下电动车——我突然想起，我的车应该充气了。

下午妹妹用我的电动车，她奇怪："你怎么把车胎打那么饱的气？"

我笑笑："因为老人放下正吃着的饭碗，迎着我的车站起来，我不忍心让他'失望'哦！"

妹妹笑我："你是杞人忧天，还是太过'多情'？"

我说："我也不知道。"

妹妹嗔我："难道你也想成为文尼西斯不成？"她在说我们一起看过的那个电影《中央车站》，那里面有一个小男孩儿，他也是一个"多情"的小男孩——

导演沃尔特要为电影《中央车站》选一位男孩当主角。一天，在车站，他看到一个擦皮鞋的小男孩。他告诉他，明天来找他，有饭吃，还可以挣钱。第二天，导演惊呆了，男孩带来了所有在车站擦鞋的孩子！他当即决定让这个孩子来演。后来电影获得了40多项大奖，这个男孩成为巴西家喻户晓的明星——文尼西斯。文尼西斯以自己的"多情",为伙伴们带来了收益,也为自己打开了成功的大门。

这个"多情"的孩子,他的"多情"是一朵善良的花朵,让我念念不忘。

不由得想起我经历过的"多情"——在杭州乘坐公交,问了路线,拖着行李走,指路的阿姨又撵了上来:"你还是坐×路车吧,那样你就不用过马路了,我刚才给你说的那路车跟×路车一样的车程,但是需要穿越马路,对你不够方便,我才看到你带个箱子呢!"

妹妹也曾经讲她经历的"多情"——她把孩子的水杯忘记在游乐园,半年之后,又去游玩,老板娘居然定了眼睛问她:"你有什么东西落我们这里了,还记得吗?"

妹妹疑惑地说:"好像是个水杯吧,好久了!"

老板娘乐了:"还'好像',根本'就是'!"

说着,她变戏法一样:"喏,是这个吧?"

妹妹和孩子乐得:"谢谢!谢谢!谢谢!"好长时间,妹妹把这一堆"谢"字挂在QQ签名上,以显示世风人心多的是善意美好。

邻居大婶总是在下雨天凉的时候,一麻袋一麻袋地购买西瓜,为的是让售瓜的人少受风吹雨淋;冬日的夜晚,寒冷的街头,单位里一群聚餐的人,围了烤白薯的老人,把他的热的冷的白薯,一块一块全买下:"您早点收摊子回家吧,这么大冷的天!"家属院里大妈大爷们,总是把"破烂"卖给一个独臂的小伙子:"年纪轻轻的,多不容易!"老大妈们老大爷们深深同情那善良的小伙子,他收"破烂"价格偏高,斤两实诚,打包之后,总是要把门前窗后,清扫得一尘不染。谁不是"多情"的人呢?时常大家彼此互为

"多情"的人！

门卫的师傅们总是为我收放稿费单和样刊样报，不厌其烦，却并不能因这额外的工作量而有什么收益，我的笔名我的真名，他们都要一一记着，还会一任一任地往下传，新来的师傅把"三根毛"的稿费单交给我，我吃惊："您怎么知道是我呢？我还没告诉您啊！"他慈祥地笑："交接工作的时候，樊师傅说过了的。"我的感动感激换成"不二家"的棒棒糖递上去，师傅们笑了。第二天，家住郊区的他们带了家里种的花草给我："看看，这个喜欢不？"我欢喜的样子，让他们颇为得意："看，我们就知道你喜欢这个，写文章的都待见这些花草！"

春来一捧迎春花，夏来一朵月季红，秋来一瓣清清菊，冬来一枝蜡梅香，我快乐着门卫师傅绽放在门卫桌案的善意之花，也愿意更多的美好与善良，一朵一朵，行走在街头，行走在心头……

人群中行走，"善乃慈航"，你的善良，也是一朵花，为陌生人绽放，为熟识的人吐蕊，花香飘满人生。

给心灵安上快乐的镜片

那一年，我学业受挫，很渴望又没能考上研究生。寒冬腊月心上也结满冰霜，我沮丧地把自己"雪藏"在家里唉声叹气。倒霉的时候，喝凉水也塞牙，唉声叹气地一低头，眼镜掉地上打碎了。

如同我一颗破碎的心灵——我酸楚地看着一地烂镜片。

无奈至极，雾蒙蒙的我的眼，分不清苍蝇和蜜蜂。来到大街上，商店林立，我看不准哪家眼镜店更适合我。

"小妹妹，配眼镜吗？请进来。"一声亲热甜美的招呼，我进店来。

没精打采的我，没精打采地选眼镜看镜框，不懂行，也没耐心，懒懒的一声："你看着办吧，反正太贵的我要不起，太差的我不会要。"

我瘾症地坐着发呆，眼镜店里的服务员姐姐和其他工作人员，开始忙碌。一个一个试，一款一款选，讲解这种，说明那种。我有点心不在焉，甚至有点冷眼旁观地看他们："赚钱啊，这么来劲。"隐隐地有一丝不屑。

没曾想，招呼我进来的大姐姐那么有心，她倒一杯水给我，还放一丝茶叶，说："这是我的阿里山茶叶呢，是爷爷从台湾回大陆探亲带回来的，一般的人，我舍不得给她喝，看小妹妹是一般的人，我才放一些……"她笑眯眯地，我也被她的"二般人"逗乐了。

芬芳的一杯茶泡开，我的心也被她的微笑服务暖暖地融了，不再冷若冰霜，开始配合她为我测视力，选镜片，挑镜框："OK！"她居然响响地打一个响指，浅粉的镜框，明净的防紫外线的镜片，试镜成功，她的额头一片细密的汗珠——而此刻正是大雪纷飞的腊月，我点头认可，她快乐地收拾柜台上的一片"狼藉"。我试戴的镜框，看过的镜片，随手摆得横七竖八的。

我有点不好意思了："对不起，让你受累了。"

她一下爽朗地笑起来："把妹妹打扮得好看，是我们眼镜店的宗旨，你满意，我快乐！"她对着我左看右看，"嗯，真漂亮，真精神！"她对着我端详一番。

她满眼放光地看着我，禁不住我也流光溢彩地看她："这是一个多么俊俏的姐姐啊。"我心里叹，并不夸出口，"服务工作做得这么耐心细致。"

价位是我可以接受的，我正要付款，她却说："二般的妹妹，姐姐行使店长的权力再给打点折扣吧。"

我喜出望外，连连点头："好好，谢谢姐姐！"对着她由衷地微笑。

她定睛看住我说："这个折扣姐姐不能白给你，你要答应我一个要求。"

我心里一沉，心上有一丝鄙夷——看，生意人的精明要显露马脚了！我笑望着飘飞的店外雪花："请说。"

"你要答应姐姐，戴着姐姐给选的这么好看的眼镜，要记得微笑啊！"她看着我的眼睛，像是读懂我的心事重重，"进门来，你一直不笑，让我这个爱笑的人看得心急。以后记住，微笑微笑，还是微笑；否则，姐姐就不给你优惠价。"她点一下我的鼻子。

我快乐又感动，抿着嘴笑："嗯！"我努力地点头。

拿好眼镜盒、眼镜布，姐姐帮我装进手提袋。我接过来，笑眯眯地道："再见！"一路上，雪花飞舞，我回味着眼镜店姐姐的话，脸上的笑，随雪飞；雪停了，我的微笑没有停；雪化净了，我心上的微笑不消逝。妈妈悄悄地给爸爸说，闺女配副眼镜："把笑容找回来了，早知道是这样，让她早换新眼镜了。"

哦，他们哪里知道，是配眼镜的姐姐给我的心灵安上一副快乐的镜片啊！多伤心，多寒冷，我总记得，眼镜店的店长姐姐给我的"优惠"——微笑，微笑，还是微笑！

戴了一双微笑的镜片面向生活，惆怅的青春，渐渐，渐渐，绽开笑脸，迎我，以如意如愿，以花香锦色……

5分钱的高贵

读初一的时候，班里有个女孩叫万平，细高的个子，总穿一件有些褪色的碎花布衣，头上扎着两个翘翘的小刷子，性格很爽朗的样子。

当时，我的座位靠前，她的位置很靠后，加之，我们都是从各个小学校刚刚"拔尖"拔进矿一中的，所以并不很相识。

我对她有印象，是因为她是班主任老师临时指定的学习委员，所以每当自习课上有人说话，就会有一个打雷一样的声音传出来："不要说话了！"顺着声音飘来的地方望，有同学给我说，她是万平。

近一年过去了，我还是和她没有什么交道。我的家近，是走读的；她家在较远的那个矿上，是住校的。只是在期中考试成绩公布的时候，隐约感到她是学习委员，排名并不是太靠前，然后，也就依然没有印象。因为高矮个子的悬殊吧，即使是课间做广播操，队伍散开后，我俩也是离得八丈远。

好像还记得她请过几天假，因为一位副科老师上课，照着花名册认学生，点到她，有人说："请假了，她妈病了。"

我甚至忘记了她是怎么向我借了5分钱买冰棍的，情形是一点也回忆不起来了。现在想想，也许是偶尔的一次我中午不回家，在学校食堂吃午饭，到她们寝室休息的时候吧。直到班里一位与她同宿舍的同学把5分钱递给我，说："万平还给你的，她说她借了你5分钱买冰棍。"

"为什么不是她本人还给我呢？"

同学说："万平转回他们矿上的中学读书了，她妈妈有病，家里经济困难，交不起住宿费和伙食费了。"

我在心里不禁为她担忧：矿上的中学教学质量好吗，会不会耽误了她的学业呢？要知道我们正在读的可是"省重点中学"啊，她怎么能率然就回呢？

更让我感动的是，她明明是因为贫困而转学，却偏偏还记得归还给我5分钱，而且是特意留给同学转交给我。这份担忧和感动在我心中默默地存了好久，终被紧张的学习和考试冲得远去。

直到我读大学，参加工作，到如今，有的时候，我还是会不由得从快乐或忧伤的生活碎屑里仰出脸来，想起万平，想起她还给我的那5分钱。想着，她妈妈的病情后来好转了吗？她现在工作、生活得好吗？会不会下岗？居何处，随何人，有了一个怎样可爱的宝宝？还是那样爽爽朗朗地大着嗓门吗？也会想，她当时完全可以不还给我啊，就只是5分钱，况且我都忘了，她又是急匆匆走的，怎么匆忙中还要这么仔细地记得呢？如果她没还，想起她的时候，我会更轻松，或者我可能就不会想起她了。

畅然前行的时光里，我发现万平还回的这枚硬币，让我怎么花也花不尽，它峭立在岁月的壁上，被我一遍一遍凝望和祝福。凝望里，我看到这枚硬币愈来愈明亮；祝福里，我发现自己也同时被照耀得很明很亮。

我本来是不了解万平的，可是因这5分钱，让我在人生旅途中越来越认识她了：在她寒微和朴素的外表下面，是一尊高贵的灵魂啊。

因这5分钱，万平，我亲爱的同学，你在我心中高贵一生；因这5分钱，我相信我亲爱的同学万平，定然是一生都高贵地活着。

也是这5分钱啊，它照亮我的心，也照亮我的路。谢谢你，万平！

儿子的美味

开始打量儿子的美味,是他不依不饶要吃冰淇淋。

无疑,冷饮是如今许许多多孩子的最爱。可是,可是,大人们认为,那东西真的不能够多吃,真的吃多了不好。伤胃伤脾伤嗓伤身体的,他们的小身躯实在是不能承受那么多的冷和冰。

可是,没办法,孩子他就是喜欢。

如同老和尚给第一次下山的小和尚说:"女人是老虎,不能招惹。"可上山的时候,指着街上的美女,小和尚偏说了:"师傅,我只要一只老虎。"

因为女儿小时候喜欢冷饮,没经验去控制她的饮食,落得咳嗽和咽炎,倒腾好多时,费了好多心神,辗转辗转,本地转遍,还到了郑州到了北京,到了"协和",到了儿童医院,好不容易才医好了。

所以,到儿子的时候,直到一岁多了没尝过一口,他便也不知道那"美味"。

有一天,在家属区里,单位同事小华批发一大包,烈日炎炎的午后,她坚持给儿子拿两个,任凭我怎么劝说和解释,她一定给孩子一份爱意。我无奈，她一转身，我便哄儿子："这是阿姨给外祖母炒菜用的。"儿子不信，禁不住我的强制执行。进厨房，交给正做饭的外祖母："快，快，让姥姥炒菜用！"儿子疑疑惑惑，便也了啦。

好在这次有惊无险。

终于，有一天，儿子不再相信我的鬼话。他反驳我："那不是炒菜用的，那是小朋友吃的！妈，你给我买吧！"死缠烂打的，我就是不买。

可是大人们嘴馋得禁不住，妹妹在冰箱里存了一些，趁孩子们不注意"偷"着吃。妈妈吵我们："不让孩子吃，你们还藏着吃！多好的'榜样'？"其实大街上"榜样"多的是，"榜样"的力量确是无穷的，儿子的渴望是挡不住的。

有一次，朋友聚会，汗流浃背的大夏天，人手一份，儿子开了戒，从此一发不可收。软磨硬泡之下，带他的大人们难免会"慈悲"一下，给他一只最小的小奶糕。

经历了3个夏天，儿子关于冷饮的经验已经相当丰富，这才刚刚立夏，他对冷饮的迷恋已经让我快要招架不住，崩溃地想："这才哪儿到哪儿啊？"

实在禁不住他闹腾，一日晚饭后散步的时候，给他一只小布丁。走在家属楼前，邻居阿姨逗他要吃一口，他倒是大方，那么死乞白赖讨来的一只，却毫不犹豫递上去，迎面走来一个小姐姐，也让人家吃，大家都走过去。

我教育他："看，谁都知道吃了不好，阿姨和小朋友们都不吃。"

"妈，那我吃！"他挺英雄似的。

"对身体不好，谁吃谁是傻子！"

"妈，那我就当傻子！"我听得要跌倒。

同事们在一起交流育儿经验，普遍为冷饮弄得头都大了，也招数百出，有在上面抹苦瓜水的，有甜言蜜语的，有暴力解决的，有恩威并用的，有情理结合的……招数很多，统统治标不治本，孩子们总要钻空子，可怜相，无赖相，反说理乞求的，鼻涕和眼泪稀里哗啦……总之，没办法，不让吃是不可能，只能少吃，适时吃。

由此，我关注儿子的美味都是什么：积木，手枪，麦当劳，钓鱼，骑木马，看动画片，听歌，拼图，玩大圣玩具，在电脑上画画……

近日最澎湃的是"上天"，口口声声要坐飞船："妈，我想坐宇宙飞船，你带我去坐呗！"

"爸，我坐飞船，你带我去坐！"还会说，"你要不带我去，我就使劲吃冰淇淋，使劲当傻子！"

世间美味很多。真的美味，使人成长，使人健壮；假的美味，伤身害体，切忌切忌。美味，要有节制，好多美味，是因节制而美味的。儿啊，人生，需要克制，需要持重，不能任意妄为的，尤其是面对你的美味。

姐弟俩的"假期Style"

小弟弟和姐姐的假期是用来玩的。

小弟弟和姐姐的假期没有学习班,也没有额外的作业。

先生崇尚童年是用来玩的,不是用来练"起跑"或"跑"的,所以家里的小弟弟和姐姐便是自由的。

天南海北地外出旅游,姐弟俩在家游戏,自娱自乐,他们的幼儿园和小学生假期都是在玩中打发。先生说:"会玩就会学。"

小弟弟三年级,姐姐五年级,他们开始制订假期计划,我问他们:"玩还要订计划吗?"

"当然了,玩也要会玩啊。"我不知道他们觉悟了什么,便不打听,不过问,只为旁观状。

他们的计划是,学点打乒乓球的技法,这样玩才有意义,我问:"为什么要有意义呢?"

他们白我一眼:"每学期都有乒乓球比赛的,人家的爸爸妈妈都让人家练乒乓球了,人家都要多才多艺,哪像咱家的大人,都不管我们。"

我碰了一鼻子的灰,无趣地一边自己玩去——喜欢什么就玩什么,我喜欢阅读，就从来抱本书玩。

俩孩子在那边议论："劳逸结合，不能像妈妈一样成个近视眼，加上'写半小时作业，跳绳5分钟'……"

听他们的安排，我感觉我也应该有个计划，于是，也劳逸结合——半小时之后，借他们的小绳跳一下……他们看了我哈哈笑，于是把我也列入他们玩的计划——"玩的时候，叫上妈妈一起跳绳、当裁判"。我从旁观者变成参与者。

其实，我更多的时候，是他们的玩乐对象，小儿拿喷壶给花儿们洒水，见我打探地看他，他就冲我洒水，一边正培土的姐姐阻拦他："弟弟，别对着妈妈浇水！"

弟弟说了："妈妈是一枝花，可以浇水！"

姐姐乐了："错了，弟弟，女人四十豆腐渣，你不要浇豆腐渣，一枝花在那边——"

女儿指着餐厅的爸爸："浇爸爸，男人四十一枝花！"

正在努力加餐的先生高兴得喷饭，为了他女儿一枝花的褒誉。

姐弟俩从小斗闹，斗嘴斗手，也逗乐逗趣。一天，看到一大教授讲："把语言玩得千山万水，你很快就能从猴子进化到人了，还有可能是精英。"我将信将疑，教授又说，"堂堂五千年中华文明不都建立在'语文'上吗？"教授都这么说了，随便斗嘴，模仿小品，创造名剧，编歪名著，愿演就演，愿说就说，古今中外，天南地北，随便侃，任意聊。结果，两个有一天杜撰出两个世界大战来，一个是人类历史的，一个是文化道德的。天，那个热闹，苏格拉底愣是跟曹操一伙叫板起大流士，大流士还活了一千年，收诸葛亮为弟子，传授他星相学……聒噪得那个乱七八糟，那个五花八门，那个奇形怪状,也真够五彩缤纷异彩纷呈的!

有时候,我也纠结——这么玩乐,什么都不学,会不会误了孩子们,虽然说"再怎么努力,也还是成为一个普通人"。玩耍里面有很多学问,做人的做事的——先生总是这样说,时间久了,我成了彻头彻尾的懒妈,跟懒爸一样。懒爸闻听,你是懒妈,我可不是懒爸,我是无为而教——大境界,他标榜自己。

这时,我恍悟,每天晚上的名著都是他在导读、领读、诵读;外出旅行的计划,也是他带着孩子们一起查路线、搜名胜、看资料;英语没有参加学习班,但舅妈的越洋电话打过来,俩人争着"Hello!"挂电话的时候,舅舅说:"See you!"一个说:"See you later!"一个说:"See you soon!"我不知道后面的字他们是什么候会加上的。

有一天,我装模作样要给孩子们听单词,突然发现,有些词现在都不那样说了,而孩子们都会,我吃惊不小:"从哪学来的?"

姐弟俩都很莫名其妙地看着我:"玩来的啊!"

"玩什么?"

"喏——"原版的点读童话书、故事书,我夸奖他们的词汇量的时候,他们更拽了,"Just so so!"

这时,我想起,先生付费的时候,我嫌高昂,很不屑,先生更不屑:"只要玩到一两个单词,这银子就花得值,没想让他们从头到尾学会。"

嬉笑玩乐中,他们还居然会识谱了,小儿还得意扬扬说他会写词,他写的词就是"江南Style的小学生假期版",女儿居然用她的古筝演绎出来那"Style"的假日感觉。哦,天!他们还会缝衣服了,给芭比设计"巴黎春""伦敦秋"各系列的"Modle Clothes"!小儿还会木工,给芭比做了专用方凳，高腿的、矮脚的，美其名曰"欧陆古典家具""日式榻榻米"……

先生这时说了："明白了吧，我们再怎么不努力，也还是成为一个普通人！"是啊，即使谁也不追风，风也都会跟着谁呢，而且很Style！

好孩子交好运

春风里,一双儿女,瞪了清澈的眼睛齐来扫射我:"妈,你为什么总是要我们做好孩子?"

是啊,为什么呢?好孩子好管理,好孩子容易领导——显然不是答案。

我也瞪大眼睛开始扫射。"好孩子交好运!"我坚定地说。

两个小儿,疑惑:"为什么?"

我想起小儿爱听的《菊花台》。

"就说周杰伦吧,他是个好孩子——听妈妈的话学钢琴,为了妈妈高兴,愿意付出辛苦,努力做事,几近放弃的时候,他因为要做妈妈的好孩子,坚持,再坚持,终于,成为今天的周杰伦。而他之所以能够一路走来,就是因为他是一个好孩子,遇好人交好运。费玉清、吴宗宪这些业内人士帮助他,也几乎一念之差放弃他,只是因为被他对妈妈的爱所感动,托他一把,扶他一步,使他扶摇,直到音乐的高处。他对妈妈的爱成全了自己,也成全了妈妈的期望,同时,乐坛拥有了青花瓷一般的稀妙之音。这爱妈妈的好孩子,也将他的好运带给世人——美妙佳音,美了妙了,我们的耳和心。

"还有,世安已安的崔世安——澳门特别行政区的第三任行政长官,求学时期，富商父亲给他足够的生活费，他自己又有打工收入，他却是一副寒门弟子模样，拼命打工赚钱，还要节衣缩食，却还入不敷出——原来，他的费用，都接济了同学朋友。终于，一个春节，他居然手中一毛不余了，只剩下300美元的时候，一个福建籍的同学回家探母急需用钱，他竟倾囊相助了。无奈之下，他又吃了家人的"闭门羹"。一分不文的春节令他犯了愁，正这时，不约而同，好多同学朋友齐来看他，送物送钱，原来，大家知道了他的窘境。好孩子崔世安，他是别人的"及时雨"，谁会忘他于难时？同样的事情，也发生在他成年后的商业险境中。资金短缺的危难时候，他一个电话打出去，当晚8时，账户里就有了1.2亿的汇款，其中那个福建籍的同学一下子就拿给他7 000万元。他说打个借条吧，那同学却说，你是人间的守护神，值得托付。好孩子崔世安总是交好运，遇事有人帮，如今，他的好运更带给澳门以日益的繁华。"

我问一双幼小的儿女："明白了吗？好孩子是人间的守护神，人间的守护神自然会佑护着好孩子。在这个世界上，好孩子总是要交好运的。"

女儿说："我要做一个好孩子，好好学习，帮助同学，爱护弟弟！"

儿子奶声奶气："我也要做个好孩子，跟Tony（他们的外教老师）学好外语，去丹麦把卖火柴的小女孩接咱家来！"

我笑了，好孩子交好运，如此，好孩子会结交更多的好孩子，好孩子们的好运自然会相互传递，递增递升递长着，长满春天，随着春风，流淌八方。

一双儿女笑嚷，春风也是好孩子，你看，它把好运吹进春雨，浇灌大地。

向着梦中的地方去

在我来往上班的路上,总会看到一个歪着脖子坐在轮椅上奋力用手推着车轮向前走的残疾人,夏天一脸汗水,冬天也是一脸汗水。

他的轮椅太落后了,落后得教人心疼——没有摇把,用两只手自己推着车往前挪,他带棉线手套,白的手套上全是泥灰。上坡的时候,我眼睁睁看着他的艰难,却无法让自己突破沉默。在路人的匆匆中,我艰难地沉默,在沉默中我艰难地想起,他是在向着梦中的地方去。

隐约里我是认得他的,在我刚刚戴上红领巾的时候,我的父亲教训我要好好学习,曾指着擦肩而过的一个跛足人,说过这样的话:"看二矿那个开煤票的小洪,是个残疾人,还自学英语,他说英语是他的梦,多自强啊!人家爸爸还是老红军,人家都不让照顾,全凭自己的本事!"父亲的话,我印象深刻,虽然我全不晓得他是姓"洪"还是叫"洪"。

也是因父亲的话吧,我对他有了记忆。在我快要小学毕业的时候,全国开始学习张海迪,海迪大姐姐的事迹报告会通过电视播放出来,看得我和同学们热泪盈眶。大概就那时候,我发现"开煤票的小洪",改在二矿门口看大门了,每天我上学放学回家经过大门差不多都可以看到他。一日,看到他站在大门口口若悬河地向周围的人讲述他的"热血沸腾":"我给海迪写信了……写了二十几页……我都梦见她给我写回信了,她肯定会回信的!"我恰巧路过,恰巧听见,我看见他的脸很红,表情很激动。

也许是我的心理作用吧,以后每次我从那里经过,没人的时候,我感觉他独坐的神情充满期待和等候,眼神里还有一些憧憬的光彩。

也许还是我的心理作用吧,一日一日,我发现他的目光黯然下来。再后来,我还发现他有一些焦躁,偶尔呵斥一下过往的淘气男孩。

一日,在餐桌上听父亲对着妈妈提起一句:"小洪给张海迪写好长的信,也没收到回信……"

后来,我读了中学,学业的紧张,让我淡忘了他的存在。踩着单车匆匆来去的时候,见过他在烈日下跛足前行,一脸热汗的样子。那时候他是可以自己独立走路的,不借助任何代步工具,只是走得歪斜。

再次发现他,是我读大学的时候。假期回来,因要和同学联系,去我们这里的邮局寄信,发现一张歪着头的脸有些熟悉,原来是"小洪",他坐在轮椅上,在邮局门前,挂个为人"代写书信"的小牌,我知道那也是他自食其力的旗帜。

我忙碌着我的青春,好多东西都记不起来,更不会细想什么小洪小青小蓝小绿。青春旋风一般过去,我这个人也又旋回我们这个小城。一次在菜市场买菜,一辆大货车歇斯底里地按喇叭:"咋回事,有本事就快点!"

"你有本事就从这儿撵过去!!!"一个声音顶破了嗓,有气没音地喊,手横在胸前冲那司机比画着,同样歇斯底里。我回头看到的是已显苍老的小洪,他坐在这种用手推着走的轮椅上,额上有了深的皱纹,脖子更显得歪斜。

现在的日子里，我在上下班的路上，时常看到这样的小洪——累的时候，沮丧地垂着手，在来来往往的车流人群中，背影苦涩得像块石头；有时，看到他猛烈地一甩手，因为怎么用力也推不转车轮了。只有一次，看到他幸福的样子，犹如小孩子穿上了过新年的花衣裳，想要向全世界炫耀——那是一个年迈的老人在推车送他，老人身材高大，神采矍铄，气质俊朗，我猜测是他的老红军父亲吧。

更多的时候，则是看到他一个人，风中雨中，用手艰难地推着车轮，一点点地挪动。

我不知道他现在的梦是什么，也许只是要顺顺当当地走到邮局门口。而邮局早已变为电话缴费大厅，现在的邮局早搬了地方，那里有高高的台阶和高高的坡，他从未曾去过那里吧？也不曾去领略过什么，他只是天天去老地方，那里早不见有什么人需要代写书信。每天去那里一趟，就是他现在的梦吧。

每天，来来回回，他就这样向着那梦中的地方去。其实，目的地就是家，或者老邮局门口。

从明天起，再见到他，我们别再沉默，停住我们的摩托或者单车，用力推他一把，就是轻轻推着他的梦，也推开我们心头那块忍了又忍的云彩，让爱心的雨点落下来。

走在临沣寨的清风里

一个春日,在朋友的带领下,我们驱车前往郏县堂街镇的临沣寨。早听朋友介绍这是"中原第一红石古寨",号称"古村寨博物馆",迄今已有140多年的历史,被建设部、国家文物局命名为"中国历史文化名村"。在这里,还有被称为"汝河南岸第一府"的朱镇府等明、清古代建筑群。

甩过一片片的青青麦田,在汽车的颠簸中,我们远远就看到了高高大大的红色石墙。据说寨子周围原来有千亩芦苇荡,我就贪婪地想象着芦花满天的美。就在车子由寨子的东南门一冲而进的时候,我的心也恍恍惚惚穿越时光隧道走进岁月的清风,徜徉在临沣寨的东西大街上,街两旁的一块砖、一片瓦、一扇窗、一个石礅、一个门楼,都给人一种恍如隔世的感觉。

听朋友介绍说,临沣寨共有3个寨门,按八卦的三个方向设置。其中西北门因临沣溪而取名"临沣",这也正是今天临沣寨寨名的由来;正方向的南门叫"来薰"门,取自《诗经》"薰风南来"一句;东南门叫"溥(柏)滨"门,取自"利溥渠之滨"之意。心里忘了时空,寨子就仿佛没有尽头,我可以永远走下去。

朋友口中,关于临沣寨的话题纵横拓展:被赐"旌表节烈"的田氏,丈夫早死，不受人戏，刚烈自尽；朱紫贵收烟，为解救乡邻不受烟商的坑害，他愤而参与买烟，烟商收1块钱1斤，他收10块钱1斤，连收3个月，把当地上市的烟叶几乎收净，烟农因此大赚一笔；朱员外给何员外犁田，临沣寨人到宝丰翟集赶集，得走李家楼何员外家田头的一段路，何员外嫌毁了庄稼不愿意，朱紫贵派人犁地种地，粮食收打后，朱紫贵亲自押车运到何员外府，如此几年，感动得何员外终于收回前言，从此，临沣寨人去翟集赶集再不用绕道而行；朱紫峰创办义学和茶亭，学生不论出身贵贱，义塾全部实行有教无类和免费就读……说着过往的故事，我的朋友语锋如策马平川，收放自如。难怪外地有友前来，总是他自告奋勇充当导游。

清风里，我只需坦开辽阔心地，将随风飘啊飘的声音收入记忆囊中，抚平它的沧桑，触摸它的韵味。故事里的日子如青烟，在周围无声荡漾的空气里沉淀，临沣寨带给我的思索静如寨门前防水闸的闸板，伫立在水中，百年依然……

轻抚寨门，仰望上方红石匾上的楷书"临沣"字样，凝视下边两扇榆木大门上所包的锈迹斑斑的铁皮，铁皮上"同治元年""岁在壬戌"的字迹清晰可辨。我仿佛听到了时间从身旁流过的声音，不禁为时光的无痕有痕感到怅然。

临沣寨内现有明代民居1栋3间，清代民居100余栋400多间，其中朱氏三兄弟的宅院分别是一进三、一进四、一进五的四合院，且院院相连，从前街一直通到后街，足有100余米。特别是曾做过汝州直隶州盐运司知事的老三朱紫峰的官宅，被称为"汝河南岸第一府"的朱镇府，是一个一进五的四合院，占地2 516平方米，高大的门楼，精美的砖雕、石雕、木雕，无不透出朱镇府当年的繁华和显赫。在朱紫峰的客房中，从房梁上我依稀看到"大清道光二十九年(1849年)四月监生议叙盐运司知事朱紫峰建"的字样。

最让我琢磨不尽的是朱家小姐的绣楼,望着静静关闭、尘埃满面、蛛网迎风招展的蓝砖小楼,我屏息用力往里看,想看见当年的主人,想问问她的命运:高居何处,身随何人?在我踮足张望绣楼上的故事的时候,有一个苍老的身影向着我挪过来,阳光的尘埃里,她皱如菊瓣的脸,无声给我讲述了她从十几岁嫁入朱家宅院70年的点点风点点雨,她的年迈让我嗫嚅,竟不敢问她的喜乐。那双喧嚣过寂寞过的眼睛里流淌出来一种声音,被穿越古寨的清风,时远时近地吹拂,如行云流水漫到我心上。可皱纹深处的一汪孤冷,还是冻疼了我的心。"儿孙们都搬到南地新宅里了,这里就住我一个人……"我的朋友听到"高血压",就说"我下次来给你带些药!"我感到老人凉凉的眼神变成了长长的线,黏在我们离去的背影里,我嘱朋友:"你要说到做到,绣楼上的小姐可是看着呢。"

临沣寨寨墙外是绕寨一周长达1 500米的护寨河,据说当年与寨墙同时完工的护寨河宽15米,深4米,而今的护寨河宽仍有10米左右,深约2米。临沣寨南门一侧,沣溪潺潺汇入护寨河,与红石寨墙构成一道亮丽的风景线。在寨墙外,行人行走了百年的小路上,已看不到百年前行走者的足迹,河里的浪花打着神秘的手语,似向我讲述它百年前又百年后的见闻,笑我不懂,开心地从我身边跑开了,带走了岸上的一些落红,一些碧绿,一些鸟语,几缕炊烟。

在驾车归来的路上,朋友还向我补充:"据专家说,在北京城里现存的9 999座古代建筑中,只有一间半是明代民居;而临沣寨这里就有3间,可真填补了中国古建筑在村寨方面的空白!"朋友的声音在耳旁飘荡,而我则溜神了,心儿溜回了临沣寨的清风里。

男人的花

世事如疤，有时候，看得清，却看不懂。

1

邻居小弟左脸边有枚疤，小小的，圆圆的，灿灿的，很显眼，像小硬币模样。擦肩而过的时候，总是闪不开眼神地看在心上，会想：这样绅士文雅的大男孩，难道还有浮野的一面不成？

久之，听到他的姆妈讲，是小妹妹被淘气的男孩子欺负，他为了保护妹妹，在9岁那年，跟人凶凶地打了一架，他把人家揍得鼻青脸肿，人家抽根棍子就刺，扎得他脸上一行鲜血直淌。从此，远远近近，没有谁再要欺负他的小妹妹，他的左脸边也光荣而无奈地落下这枚"勋章"。

妹妹说："哥哥这是英雄的疤痕。"哥哥笑笑摸脸："不想落疤，也不想你被人欺负。"

2

表弟的手上有块疤,在虎口处。

听姨妈讲,姨夫当年在煤矿上开通勤车,来来往往拉那些下井、升井的煤矿工人,井口开在郊野,路途条件不好,将大卡车改造成班车,加上铁皮的壳子罩住车厢,就成了"轿车"。因为颠簸,或别的诸多原因,工人们常与司机发生口角之类。

姨夫是司机班班长,技术好,脾气好,是最受工人们爱戴的司机师傅,他总是被工人们"请愿"一般请为当班的驾驶员,连续多年,姨夫没有跟工人们发生过冲突。

有一日,姨妈正在打理门前那片菜地。夏日的黄昏,姨夫接了井下的送饭员回来,姨妈还没顾上给姨夫打招呼,却听后面有个声音,叫骂着跟过来,骂着娘,数说着:"老李,你快把老从甩死了!"姨妈闻听,赶紧问究竟,那一脸煤灰的人,矿灯也没有下,还挑着送饭的担子,说是过铁路拐弯的时候,紧急刹车了,快把他甩死了——是啊,车厢里没座椅,没扶手,人多了,互相挤靠依偎,人少了,空间大,自己把持不好,是容易被甩一下,尤其是遇上紧急情况之类。姨妈是懂这些行车上的状况的,她听着,也是替姨夫道歉,那人的嘴巴一刻也没有停下来地咒骂,看姨夫不吭声,居然往跟前骂着走,想动手的样子——当时读中学的表弟正在屋里写作业,听到吵声,不知何时站在姨夫身后,他见那人想动手,一手拎起姨妈种地用的锹头抵上那人的胸脯,一手揪住那人的衣领:"敢再骂一句?!"当时表弟16岁,个子长得很高,人却很瘦,中等身材的那人终于不再言语,悻悻地离开。

表弟放下锹头,虎口处有一丝血丝,握得太紧,也因身单力薄,过于拼力，刺出一条口子。

姨夫是一个沉默寡言的人，凡事谦让忍耐。

3

在广西北海，去银滩的公共汽车上，一只手，疤痕累累，手指有的粘连在一处，看着怪异，也吓人。那手举着一只相机，相机的绳紧紧缠绕在腕上，腕上也是疤痕。他的镜头里是美丽的海滨景色，在一帧帧划过，顺着取景框里的芭蕉树、香蕉树，往上看，是一张同样骇人的脸庞——疤、疤、疤，难看的、丑陋的、不堪入目的疤痕，让人不忍心多看一眼。我的第一个感觉，这是一个经历了劫难、特别珍惜人生的人，他来看美景的感觉，肯定与一般的人更加不同——所有的美景，在他眼里，心上，应该是一种重生的印记。一路车程，有当地的大妈与他搭话："孩子，你出了什么事，成这样？"

中年的汉子，只笑笑。倒是随行的年轻人说了一句："董事长救火落下的伤残……"他微笑着，用目光止住了年轻人的话，冲大妈和车上的人笑笑，继续拍录车窗外的风景。

此时，一直旁观的我，只是感觉，他是风景里的风景。

4

人行在世上，有磕碰，为己，为人，为亲，为正义、良心、道德，会留下印记，如同章子，印身上、心上，印在人们的口碑里，虽如流水，流逝，未必流芳，只是，每个疤，都是真切地存在，存在着，存在过——它是世事的旋涡，它是红尘的酒窝、笑窝、燕窝……

疤是一枚什么样的记忆？记着什么，什么成追忆，如滚滚的树叶，从怎样的树上落下，飘落心上、身上，可见，不可见，人群里有多少疤，是男人疤？是英雄的、正义的，关乎真爱与善良？

男人疤，是一朵花，在时光肌肤，在情感血脉，在岁月躯体……

世事如疤啊，有时候，看得清，却看不懂。只因，疤是一枚凡尘世务的印章，慧眼慧心，是否全都了然、明谙——它的酸甜苦辣，冷暖炎凉，春秋大义，还是……

行走在大地上的男人，如果注定落疤留痕，不妨，拥有这样的一朵男人花！

问汝平生功业

那日被领导急召到单位，给一位病逝的退休老人写悼词。坐定，我毫不掩饰地说："我害怕面对死亡。"领导说："看着《文书大全》写写就行了，光写好的。"

我看出领导不苛求精品，于是，神经慵懒着，情绪有点想逃跑，慢腾腾地爬到办公室。我不认识这位70多岁寿终的老人，所以心理上笼着一层冰凉的对死亡的害怕。怯怯地抬着视线，淡淡地抽出她的档案，随便地翻着，目光散散地扫视那发黄的纸页。只想查出她的出生年月和曾经的工作地，好在综述生平的时候下笔点上一两句。

可我看到她的"家庭出身"一栏里，一遍一遍又一遍赫然写着"地主"，我潦草地翻看她在"文化大革命"时期写的一份一份又一份的"交心笔记"，发现在每个开头她都先"交代"自己家曾是有着400顷土地的地主，随便扫视到的"交心"语句，虽是只言片语，却字字锥痛我的心。我的情绪开始预热启动，神经不再无精打采。我的眼里开始雾兮兮的，不觉间目光就湿了。了解到她是"地主"家的独养女儿，从上海大学毕业，到北京，到郑州，到襄县……到平顶山；工作岗位从俄文翻译到技术员到保管员到……到英文教师。我看到她的档案照片从少女,到少妇,到壮妇,到老妪,注意地看她的眼神:憧憬的、清亮的,疲累的、感伤的,清明的、超然的……于是,我开始想象这文字背后的辗转,想象这时间掩映着的迁徙,思忖她人生变幻的有声和无声,思忖她心灵记录的有字和无字,目光定定地看,想看到人世抛洒起的滚滚红尘中,她趔趄与艰难的脚印,她摇曳与斑驳的身影——我想看透这档案纸后的有形与无形。

翻着看着,我超越了与她的不相识,忘却了对冰凉死亡的胆怯。我想象她的大家庭犹如一棵高高大大的树,她就是那树上的一片叶子,小小的,嫩嫩的,本只是端端地立在高处,被时代的风打落,如一根茅草一样,随红尘的风、命运的雨,忽而"挂罥长林梢",忽而又"飘转沉塘坳"。一路跋千山涉万水,踏着浪踩着波,坎坎坷坷终于走过一生,来到生命清澈的终点。

我庆幸能为这样的一位老人的终结尽自己绵薄的笔力。我认真地提笔,仔细地摁动电脑的键盘,想为老人服务得好一些,想让她离开这波波折折的人世时,能走得光光畅畅。

环顾老人的档案,我不由得想起苏轼的一句词"问汝平生功业,黄州惠州儋州",老人的人生呢?"问汝平生功业",当是"郑州襄县平顶山"吧。

苏轼的人生可以让人联想很多,可是这平凡老人的一生,让我感到:一个人活着,只要能够跨越生命中的艰辛和磨难,好好地来到终点,就是最大的人生功业。我赞叹这样的人生。

简单就是快乐

也许时尚太多技巧，也许现代化的生活太多技术，更也许信息时代的人交往太多烦冗的操作与操纵吧……而今，流行一种"简单快乐"，似乎是对快乐的革命，也成为当今生活理念的关键词。

爷爷退休回到家，每天一日三餐，接送孙儿上下学，闲来打打太极拳，少了烦琐的交往与交际，没了日常的车接与车送，少了人头攒动与门前车马喧。每天简单又简单，看着儿孙满堂，脸上心上一派淡定和从容。果然，简单更快乐。

小姑追求时髦与俏丽，日日出入美发美容美体院，扒来翻去倒腾衣柜，东搬西挪，怎么也摆放不齐，储存不下她的高筒低筒中筒、高跟低跟中跟的靴和鞋。脸上涂了一层又一层，唇上抹了一遍又一遍，眼睫烫了一回又一回，头发吹啊拉啊，直了、卷了，卷了、直了，大波浪、小碎卷，挂面头、爆炸式，一会儿红红，一会儿黄黄，两会儿酱紫，三会儿又棕色了……鞍马雕车，夜夜笙歌的她，突然有一天消停下来，安稳在家，静静走路，淡淡出入门庭街市，不再感觉"衣柜里的衣裳总是少一件"，不再以为发型总是慢半拍，不再追逐，不再迫切，不再着急。安静的她变得安然，安然的她变得安详,安详的她感到安适,安适的她在日子里淡入淡出从从容容。一日,她口吐莲花:"简单如此快乐!"

叔叔漂流于红尘职场,天天左苦思右冥想,前考虑后打算,上探索下钻研,节日前后左一提右一袋、上一篓下一罐、前一包后一裹的,走上级串同事:

"啊哈哈,天气好!"

"哈啊啊,你真好!"

"啊哈啊——哈啊哈——"

整日里,跑东跑西、跑南跑北、蹲上蹲下、跳高跳低的他,一日,洗洗手,坐下来,脱下鞋,擦一擦,点支烟,自己抽,静静地,看看天,望望地,定定心,养养神,浩然地长出口气:"哈,哈,啊,简单最快乐!"

小侄女听见了一遍遍"简单快乐",走上前来问一问:"为什么简单就快乐?"

"简单是单纯,简单是九九归一!"爷爷说,笑眯眯的。

"简单是蓝天白云悠悠飘,简单是人长大,心不老,是心儿在春天里歌唱,是魂儿着上云裳在清风里飞扬!"小姑答,笑嘻嘻的。

"简单是心的超凡,欲的脱俗;是对红尘的割舍,对自己的坚守;是对喧嚣的放下,对独善的珍视;是对人生真谛的彻悟!"叔叔道,笑朗朗的。

小侄女歪着小脑袋,稚气地感叹:"简单,并不简单!"

成长是一首破茧成蝶的歌

春天,我和我的孩子们一起养几只小蚕。小小的虫,从黑到白到青到黄,一点点,长成肉虫,从小到大,从瘦瘦到胖胖,而后,吐丝,结茧,成蛹。成长的哪一个步骤,他人能够代替呢?没有可能!哪一步骤,都是一点一滴自己走过来的。

一天,一只茧上裂开了一个小口,我们看着它,小小的蝶在艰难地将身体从那个小口中一点点地,向外挣扎,它想出来,它要出来,几个小时过去了,蝶儿似乎不再有任何进展了,看上去它已经竭尽全力,似乎不能再前进一步了……看得一旁的孩子们很心疼,他们决计帮助一下这只蝶:一个孩子拿来一把小小的剪刀,轻轻地将茧剪一下,我阻止着,已来不及,锋利的小剪已挑开个大些的洞,蝶儿毫不费力,一下子就挣脱出来。但是它的身体很萎缩……孩子们很高兴,期待着——蝶儿的翅膀会美丽地伸展,腾飞,然而,这一刻始终没有出现!

我伤心地提醒孩子们,蝶从茧上的小口挣扎而出,这是上天的安排,要通过这一挤压过程将体液从身体挤压到翅膀,这样它才能在脱茧而出后展翅飞翔。而这只蝶,因你们的帮助,再也不可能飞翔。

孩子们很懊悔，自责没有听大人的话。

有一天，孩子们早上起床不再麻烦父母叫，自己早早穿戴整齐；背英语单词不再用父母逼迫提醒，兴趣班真的成了他们的兴趣，他们按时完成学习任务；自己的衣服自己洗，自己的小屋自己打扫，自己的被褥自己折叠洗晒，吃饭不再偏食……跟老师的交流自己开口，不用父母帮着解释说明请求……

问他们为了什么，他们说，要学蝴蝶自己破茧自己成长，不用大人代替，不想父母代劳——成长是自己的事，品尝疼痛的感觉，才能更好地成长。

可不嘛，跟老师的交流没达到预期效果，小儿在独自沉默地重新写一遍作业，老师不能理解他夹住了手，字就写不好看，要他重写，他解释不通，独自承担后果——以后再不找借口，不能潦草，要认真写字；做了家务才知道，原来妈妈打扫房间很累的，再不轻易把东西扔得乱七八糟；吃一堑，长一智，每一次受呵斥，被批评，受打击，被指责，犯错误，动力行为不到位，不达标，不准确……他们懂了，自己负责，自己担当，自己改正、纠偏，日子就像一个钟摆，校准自己的言行，不让时光跑偏，更要让自己的人生踏住正点。

不经历风雨，怎么能见彩虹；不一事一事地躬行，怎么能懂道理；不操练，怎能知道一个一个脚窝的深与浅。世事洞明要亲历，磨炼踏脚下，练达融入血脉。"罗马不是一天修成的"，一年一年，一岁一岁，成长是一首破茧成蝶的歌。

桃花来了，鳜鱼肥了，痛过之后，蝶儿展开翅膀，又是一年春风。

该怎样就怎样

在一家茶室，满窗临河的冬日暖阳，打在身上、脸上，还有心上。

坐在对面，我那年轻又美丽的女同事，看着一旁旁若无人、又吃又喝的我家孩子，盯着眼睛问我："你对孩子有什么期望？"

"吃好喝好。"我随口答道，低头搅拌我的冰糖粒。

"不是眼前，是对他一生有什么期望？"同事美丽的脸认真地追究着问。

"没什么期望，正常成长，正常生活，就是我的期望。"我也认真地答。

"我说的是最大期望？"同事长长的睫毛闪闪地。

"别人有什么，他有什么，就是最大期望。"

"还有别的呢，没期望他成为什么？"女同事清亮的眼神伸出长长的钩子，挖掘着我的想法。

看着小儿吃香香、喝香香的样子，我不禁呵呵地笑了："该怎样就怎样——我的姥姥，孩子的姥姥，都是这样说的。"

顺着茶的清香，女同事有些凝神。

沿着她的疑惑，我走进童年自己的疑惑："姥姥，我会长得更漂亮吗？"

外祖母说："长大的事，让我说啊，你该怎样就怎样。"

上学了，背上书包，我仰脸问妈妈："我会学习得很好吗？"

妈妈说："今天尽管努力吧，考试是明天的事，让我说啊，你该怎样就怎样。"

工作了，我拈着办公室的钥匙，问外祖母，也问妈妈："我会在这里待上一辈子吗？"

她们说："不是给你说过多少遍了吗，你呀，该怎样就怎样。"

恋爱的季节，望着天空，我又在想："会和他一起过成什么样呢？"天空里飘浮着朵朵白云，上面写出我自己铭记的一个英文句子"What will be, will be（该怎样就怎样）！"是啦，该过成什么样就过成什么样。

不禁笑眯眯地想起妈妈说我们的话："弯刀对着瓢切菜！"

生命的困惑，工作的烦劳，生活的苍茫，世事的无奈，这些时刻里，我品读出先秦散文里那句"道法自然"的话。生命的水，温和地流淌，有它自己的路线；工作的溪，清清地跋涉，有它自己的方向；生活的海，静静地澎湃，有它自己的信念；世事的浪，安然地翻卷，有它自己的规则。我悄然前行，在其中，该怎样就怎样。

在一个地方教书，教出不一样的味道；在一间蜗居生活，活出想要的境界；在一条海岸线蜿蜒，生命攀爬出一串无痕的风景；在一片世土中存影，红尘里倾听云淡淡风轻轻。如我，临时光之湄，做岁月之矗，翻半页春秋，暖手。看小儿在阳光下欢跳，真的，该怎样就怎样吧。平安快乐已是锦绣人生，进步原本是生命的传奇。明天的事，让我说啊，该怎样就怎样。

满天都是花裙子

花园里花朵开得像燃烧似的,夜空里,初夏的星如金子一般灿烂。

喜欢花裙子的女儿,在房间里一件一件拿出她的花裙子,穿一件,照镜子,再换一件……一件一件,没完没了地,她灿烂的笑容像那满天星星,那裙如花一件件开满身的样子,宛如花园里花儿朵朵。

我分不清,哪是女儿,哪是星星;分不出,哪是女儿,哪是花。

我的眼里,满是女儿,满是花儿,满天星,亮晶晶,香四溢,是快乐,是陶醉,是幸福。

哦,其实我和女儿一样都是裙子迷,我是"大裙控",女儿是"小裙控"。知情的朋友说:"你要不生个女儿都亏了——"亏得裙子有人穿,那一箱子盖、一箱底的花裙子哟,又有了如花的女儿来捡拾,她挑肥拣瘦地淘我的裙子,我肥不挑,瘦不拣,继续淘我新的花裙子。

满大街的花裙子已够我沉醉,满世界的花裙子更让我沉迷——我陷在网页上,那叫一个好,那叫一个多,那叫一个个眼花缭乱。嗨!我从来没有如此感恩过网络,它让满天的星光冲着我微笑,冲着我灿烂,都是花裙子带给我的惊喜。

发现了个花裙子店收藏，又发现一个，再收藏……我的电脑收藏夹里，是满天星样的裙店，老板、老板娘、掌柜的、服务员……都是我的同僚，同聊着，就到了夜晚的星光下，同聊着，就到了阳光明媚的花花世界——那灿烂的，那花花绿绿的，自然，也全是裙子。

敢情，跟我一样是裙控的女人们、女儿们，还真不少——网购有留言，1次购买8条花裙子，还说不是有史以来最多的，惹得我这个老裙控费神猜测，她难道跟我一样，1回购过18条，让一直支持我控裙子的老公，终于下决心控制了我的"网上银行"？莫非她比我还"裙魔乱舞"？我想入非非的同时，了解到某裙店女掌柜，就是裙控到走火入魔，而开了裙子店，开了网店"非裙勿卖"，她无力地告诉我，本来想控裙子，如今却被裙所控……满世界的裙子太多了，害得我花了眼，如今在裙子的世界里，找不着北。我窃喜，多亏得老公英明，他说，吃多了会吐，裙子也一样，太多了，就迷失了，还是把欲望锁起来一点点！

只如今，我在网上购裙子，需要他来输入密码，我在东西南北的商场掂裙子，他也由"你的地盘你做主"变作"你的地盘我做主"，说是要亲自服务，实是"把把关"，防止再发生18条裙子同购的"暴动"。"冲动是魔鬼，"他提醒我，任我哭天抹泪地喊："吾愿意，朝得花裙，夕饮西风。"因为老公说了，再这样"裙魔乱舞"下去，就得喝西北风了。

在老公的坚持和监控下，我的裙子瘾渐行渐远，可是，有了女儿之后，老公说："你的裙控症，又发作了。"咋地呢？我开始疯狂地给女儿买花裙子。这一下，老公再不是对手了，因为女儿要"富养"嘛！老公鼻子气得歪到耳朵上："整个一糊涂的妈，别把女儿给我带歪了。"

他把裙子权和女儿的培养权全给我抄底没收了。

我寂寞无聊，我站着看笑话。

我把裙子一件件抄底整理，发现也真个是，枝繁叶茂的裙子，渐渐红颜渐老，也跟我一样，渐失了夏季的激情和旋转的热情，虽说鲜艳一时，哪如优美一世。还是老公说得对，那就修炼成气质老美女吧。我在网上开了博客微笑吧，一篇篇文章，如一袭袭裙，舞动博客，美妙我心，腹有诗书与身着花裙一样美，还要惊艳。

我的博客惊艳了好朋友，她说："喜欢花裙子的人，肯把时间和精力花在写文章上，那文章还不是要和花裙子一样花团锦簇……"晕乎得我！

我正晕呢，老公更晕了，女儿不服他的兵法，还是我来说服女儿吧："女儿啊，美衣美身，心得书润，书香花裙并取，才是淑女！"

小小的女儿，于是抱着花裙子，拥着书柜子，要当小仙子，给裙裾染透书香。

老公说："这才是好妈妈。"

我叹："其实你是好老公，知道点醒某人的控制欲，欲望如花也如星，艳一时，很美，更要艳一世。遥望的明亮，是距离的美好和节制的曼妙。"

人生，就如女人的花裙子，要个没完没了，了然无趣——趣味横生，还是要取舍有度。

过好生命里的每一天

秋色里,秋叶黄。黄黄的叶落下,顺着叶脉流走的还有什么?

时光的列车,咣咣地往前,往前。我坐在上面,晃着晃着就老了。

那一日,单位里一位要好的老教师,将要离休,却查出乳腺癌,她跑去省会医疗,我却对着她传达室里她的一张张稿费单发呆。她是一个勤奋认真的人,终于,不能天天编撰她的物理业务。曾经劝她懒一些,别那么累自己,她还不当回事地笑。

她不再对着我笑,她当回事地去住进省城医院,那里有她信赖的同学医生。

电话里,我的问候声里,她依然朗润地笑。

放下电话,我的沉思,慢慢苍老,苍老地发现,人,是多么容易被时光掷出岁月的列车之外。

屈指算自己,我已经工作了18年,我不可能再工作18年,便要离休。离开这个我曾经多么想提前离休去休闲不做的工作,离开这个,我又曾经是多么不想离开的、充实了自己的休闲时光的岗位。

工作着,是快乐的;工作着,也是年轻的。

走在街上的、离开岗位休息的人们，都已不再年轻。纵然，你说，我说，她（他）自己也说，拥有一颗年轻的心。

为什么说年轻的心呢，因为生命不再年轻了耶。所以说呵，说，有一颗年轻的心呢！

在时光里老去，也是快乐的呀！

没有不老的人，时光里老去，是成长的象征，是成功的标志，也是幸福把生命的容器渐渐充满——这是多么的自足，该是多么的知足才是啊！

时光的列车上，我渐渐老去，恍惚的岁月，晃着晃着，我冲向前方，前方的景物、气象，万紫千红、山花烂漫，留心也罢，无意也罢，冷暖自知的空气里，我前行，被时光列车载着，前行，前行。

有时，我的心停驻，我的眼迷离，却不奈时光列车前行进取的脚步。偶尔，心停在往事里，眼神迷离着记忆，也无奈何，身随车进，时光不弃我，我随着春风，年年老去，身弃在红尘，梦奔进岁月的时空，脚步踩着世象，前行，不已。

前进着，是幸福的。因为，拥有——拥有生命和岁月。这些掌控着人类的自然元素，也为拥有者所掌控，虽然，这样的"互动"，终究，以个人的渺小和遁迹而告终，但，终是闪耀着生命的温热，美好。

时光里老去，不留意也罢。踩着生命列车，快快乐乐，快乐无比，莫比那些落的叶、枯的枝，眼里净含青枝绿叶，心上尽是百花艳艳，乐观地行走，走向生命的完美，睡倒也要说，旅途好美！

我不再伤感我的咽喉发炎，也不再猎犬一样的鼻孔张着辨认张小懒同学的球鞋好臭臭；我认真地上好每一节课，我仔细对待每一颗心；我用心地过好每一分钟，我开心地雕琢每寸光阴……光阴的故事里，我把自己的光阴，装扮得美丽。

走在马路上，我为鹤发童颜的老人喝彩，为着他们一路走来的山高水长，山高水长里，盛满生命的璀璨，也有辉煌的落寞；行在街市里，我也为唇红齿白的妙龄男女欢呼，为着他们一路走去，将有无数个山高水长的选择和等待，那必然有生命的辉煌，也必然有璀璨的落寞。山山水水，是生命，也是山水；水水山山，是景致，也是人生。

苦和乐，甜和酸，是一样的经历，却不是一样的滋味。有时候，相同的滋味，却有不一样的景韵，只因，经历着的心是不同的。心甜，世上的水，遍饮皆甜；心呵，苦着，尘景尽苦。

同事在电话里朗润地笑，朗润地说，即使此刻离去，生命无悔："我，一直，用心，在过，我的每一天。"

她一字一顿地说："走过的每一天里都盛满对家长和学生的爱。"

我回想着，她的乐观和达观，她爱家人，爱学生，也爱同事。我清晰地记得在我怀孕之初，她爬上她家高高的枇杷树，摘来枇杷果，为我调理胃口。枇杷果的滋味，不会"离休"，那是多么甜蜜呀！

她当时告诉我，这是无污染的果子。此时，我明了，世上没有污染的，还有她的一颗真诚的心，给她自己，也给周围的人们，洒满阳光，带来明亮和温暖。

学生们对她的关爱和问候，一封封，是信，一摞摞，是爱，打包寄去，同时寄去的，还有大家对她生命的礼赞！

时光已老去呀，请在时光的车辙里轻唱一首歌，岁月的常春藤上，我是一片不老的叶，催老了岁月。一朵朵生命的花，在岁月深深里，歌唱，舞蹈，花如海，汪洋了你我他，对日子的迷恋。

秋色里，叶金黄，时光顺着掌心的叶脉轻轻流淌，清清的金风，沦陷了谁的豆蔻年华。开满鲜花的窗，一扇扇嵌在时光的列车，咣咣咣，车轮一辙一辙，大声唱，所有乘客都听见——过好生命里的每一天。

丢了一枚钉子

骑车的时候，发现车子哗啦啦地响，妈妈说："你的车子丢了一枚钉子，快补上！"

我没听，其实是没在意，两天后，车子居然散架了，妈妈说："赶紧修好啊，不然多危险。"

在妈妈的催促下，我去修车子，电动车行的老板说："制动上的螺丝钉也没了，再晚来，真不知会怎么样。"我一下子很后怕！

想起有个同事，骑自行车，从河堤上下来，前轮飞掉了，她一下子从车上栽下来，毁了容。其实也就是一枚钉子的事："卡前轮的钉子丢了，没发现！"她流泪说。

我想起我曾经也有一枚钉子丢了，我不会爱，我伤害，最遭罪的是先生和妈妈——他们离我最近，对我最亲，正好被我失控的情和阴霾密布的心，伤脑筋伤到心尖上。

妈妈说："你那时候，心里有枚钉子掉了。"

先生感叹："你差点把咱俩都给报废了。"

只因，是在不爱、不会爱、不再爱的情况下，走进婚姻。妈妈做主为我选的人,她当然揪心不已,先生无辜:"爱你,心被你践踏着。"

我想当时是疯癫的,从自己的情劫里走不出来。

"总算,你正常了,幸亏有我俩为你修复一新。"妈妈瞥一眼,余"恼"对着我,先生却说:"她也自救了的。"

是啊,丢了钉子,要找回来,找不回来,要找替代,没有替代,也要自造,要进行"心"的修葺。

多年以后,我学管理,看到"蝴蝶效应",一次轻微地扇动翅膀,会带来遥远国都的惊天飓风。遥远的国都,遥远的距离,跨越的、连锁反应的,是空间的,也可以是时间的,飓风也有因果,飓风也是因果,不管是人生的、运命的,还是大自然的飓风,它都跟一枚"钉子"有关,你在意,或不在意,或没有在意。钉子是有形的,也可以是无形的,是物质的,也可以是理念和精神。

你的钉子有没有丢?你丢了一枚什么样的钉子?

炎夏的雨过天晴后,空气清爽又透明,我正悠闲地在西安书院街逛荡,我的同事在手机里传来另一同事的"讣告"。天哪!英年的,美丽的,我那性情温和的女同事,她放弃了生命——优秀的儿子在国外读书,英俊的丈夫担当政要,父母是小城的头脸人物,她本人也是要职在身的。她是周围人眼睛里"幸福的人"。

为什么,怎么能够?可是,她是如此决绝,反锁家门,开了煤气,睡在厨房的地板上,再不起来。

曾经她半夜给我发信息,晨起我才发现:"怎么半夜三更不睡觉?"我问。

她答:"睡不着。"

曾经，她问过一些很边缘的字词句，有的我给出答案，有的我问遍我的字典资料，也不能回答。有一天，偶然在网页上发现，那些好像是算命测运的秘籍文字……后来，她升职，离开我的视线，如今，却以这样的方式闯进我的心头——惊涛骇浪，掀在我夏日雨后的安闲里，我的闲云野鹤凌乱地拍打剧痛的翅膀。亲爱的，你的哪枚钉子丢掉了？是哪枚钉子如此重要，让你丢下如花的岁月，锦绣的生活？

一枚心灵的钉子丢了，于是丢了我身边如此华美秀丽的一个人啊！

一位男同事，为人仗义实诚，偏偏苦家出身的他，节约成癖，以至于在婚姻里，也是心细到极致——对于花费开销。后来他居然离婚了，对方说："不是过日子的人。"

一圈人像轮胎一样要爆掉："不可能，他仔细，又节省的人！"

对方不紧不慢地回："是啊，仔细得很，节省得紧——不是过日子的人，一分钱看得比天都大。"

就这样，工作好，有大房，还有车的他，居然，一个一个女朋友地见啊见，从来没闲着，从来都是热饽饽，他却再也没有婚过。偶然有谈过的人说起："他人极好，就是小气一点。"

小气不是毛病，自古以来节约是传统美德，从来都是提倡的，可是，如果要是过了头呢？老祖母说过："什么都不要过了头，物极必反呢。"

我想，善良正直又多才多艺的他，是不是就因这么一枚小"钉子"让他把婚姻再捡拾不起。终究他丢了什么？

每个人，每个物件，都有许许多多小钉子、大钉子，有的要害，有的要紧，有的不重要，有的不关键。丢与不丢，还要看丢的是哪一枚，哪个部位？

有的"钉子"丢了,伤心情;有的丢了,害幸福;有的丢了,却很要命……及时检修,我们的物件,我们的心灵,维修保养。生态环境,自然的,心灵的,人文的,让运行的系统都正常,都和谐,才有一己的舒适,小家的和睦,大家的幸福。

美好着,你的心,你的物,我们的生活,不要丢一枚钉子。因为丢一枚钉子,会坏一只蹄铁,坏一只蹄铁,会折一匹战马,折一匹战马,会伤一位骑士,伤一位骑士,会输一场战斗,输一场战斗,会亡一个帝国。

你的钉子是什么?你的帝国是哪样?不要丢了钉子,不能沦陷帝国。

树洞里的秘密

挖一个大树洞,把心里的秘密藏起来。

小时候,小黎同外祖母一起生活,想爸爸妈妈的时候,小黎会不停地哭闹,外祖母会给小黎说:"别哭,别哭,好孩子,把想念藏进树洞里,你爹妈就知道了,就会回来看你。"

赶巧有两回,小黎和外祖母刚在村口的槐树洞里说完秘密,爸爸妈妈就真的回来看小黎了。从此,小黎就相信,把秘密放在树洞里,就会有风儿、鸟儿帮你实现心愿。

有一次,小黎把外祖母的花瓷碗打碎了,不敢告诉外祖母,就把碎碗片包起来,放进树洞里:"不要让外祖母知道,不要让外祖母生气!"小黎一步三回头地回到家里,心里很放不下,因为这是一个坏秘密,大树洞会帮助小黎吗?

回到家里,小黎发现八仙桌上外祖母的花瓷碗完好无损地摆放在那里,小黎揉揉眼睛,还是那个花瓷碗,小黎惊喜交集,跳起来给外祖母说:"姥姥,坏秘密,树洞也会帮助小黎。"小黎详细地讲给外祖母听,外祖母慈祥地看着小黎。大舅诡秘地告诉她,花瓷碗是一对,大树让风儿通知了另一只碗，另一只碗又帮助那只碎碗复原了。等小黎气喘吁吁地跑回大树洞，发现里面除了她包碎片的花围巾，什么也没有了。外祖母告诉小黎，因为不是故意打碎的，所以大树帮助了她。

多年之后，小黎从妈妈口里知道，外祖母怕吓住小黎，把外祖父在家时用的另一只花瓷碗拿了出来。

但是，小黎从此相信，有秘密告诉大树，它会帮助收藏，帮助成全。

上学的时候，校园的一角有一棵大树，考试没考好，小黎会对它讲自己的秘密，伤心的秘密，怕妈妈吵，怕爸爸失望。小黎默默地看着大树，悄悄用小刀剜一个很小很小的圆洞，没人看出来，小黎把所有的伤心都藏在那里。作文得了奖，小黎也去告诉那个小树洞，然后再给爸爸妈妈报喜。后来小黎上大学，离开那棵大树，特意去告别，有位小女生与小黎擦肩而过，小黎惊喜又迟疑地想——她是不是也去藏什么秘密，快乐的，伤心的，还是……

不知道的人，以为小黎在大树下孤独地徘徊，其实，小黎和大树有太多的秘密——上大学的时候，小黎爱一个人走来走去，看望校园里最高大最矮小的树，看它们有的茁壮，有的细弱，有的饱满圆润，有的疤痕累累……小黎把自己的秘密交给它们，也仔细品味它们身上的秘密。

小黎知道了大树也有不快乐，小树也会很开心，有伤疤的树也照样献出绿荫，被折断的小树也照样萌出新芽长出新枝……

小黎把朦胧的情怀交给它们，把初恋的喜悦藏在树洞里，小黎以为那是青春时候最大的秘密。后来，小黎失恋了，小黎才知道，世界如此之大，青春多么广博。大树教给小黎，坚强，忍耐，勇敢，向上……小黎考研失败了，大树给她说，不经历风雨，怎么会长高？

根深才能叶茂——这是大树洞里小黎的秘密们反馈给小黎的真理。因为，小黎发现在储藏秘密的树洞里，长出了新芽，发出了新苗，于是明白，即使是自己那些腐朽的秘密、颓丧的情绪，大树也都吸收，化解，纳旧，吐新……

渐渐地，小黎的心里也有一棵大树了，也有一个大树洞，它藏着小黎的不能说的秘密和不想说的秘密，有喜，有忧，有恼，有烦……

多年之后，心灵的大树上，当年快乐的、不快乐的、伤心的、不伤心的，秘密藏匿的地方，长出绿，长出许多没有想到的果实。

坐在大树下，小黎快乐，小黎忧伤，小黎感觉到力量和包容，树洞里的秘密不知什么时候在她的人生里开出花来……

从今天起

　　海子说，从明天起，做一个幸福的人。

　　海子说，从明天起，喂马、劈柴、周游世界。

　　海子说，从明天起，关心粮食和蔬菜。

　　海子说，从明天起，拥有一所房子。

　　海子说，从明天起，面朝大海，春暖花开。

　　我想着海子说过的话，想着他的华美并不切实可行的话，想着他让自己到天堂去兑现诺言。更想着现实中，我们百分之九十九点九九九的人都绝不可能做得跟他一样，我也不可能。

　　海子的话，毕竟是诗人的话，或者说，那是诗，不是话。

　　说做一个幸福的人，就能做一个幸福的人吗？手头心头的这一堆泛滥的糟事阻塞着我们幸福的管道，怎么捅得开，下得去。从明天起，真的能吗？

　　海子说："从明天起，喂马、劈柴、周游世界。"我哪有马可喂，又哪有那么多的钞票可以揣着去周游世界？你呢，你可以吗？

　　海子说："从明天起，关心粮食和蔬菜。"这是我可以做到的！但又怎么样呢？哪一样又可以是完全的绿色、完全的自然呢？

海子说："从明天起，拥有一所房子。"房子这等百姓大事，也是说拥有就拥有的？房价飞涨，我现在是罗锅腰上树——钱紧着呢。你呢？可随意拥有？

海子说："从明天起，面朝大海，春暖花开。"我在内陆，哪有什么海？看海得到有海的地方去，岂是一个去字就可了得的？你呢？住在海边，就是春暖花开了吗？

我吟咏着诗人的诗，想着那哪是我等俗人可实现的童话啊！吟着吟着，我发现海子的诗是我的生活，是我生存的心灵天堂。

"从明天起，做一个幸福的人。"——我可以！不是都说"幸福是种感觉"吗？我可以调整心情和感觉啊，父母身体好，兄弟姐妹日子都不错，朋友们都挺好的，山河上下也国泰民安的，这不是幸福是什么？

"从明天起，喂马、劈柴、周游世界。"——也可以做到！没马可以喂猫喂狗狗，或者，喂喂蚂蚁养只蝴蝶，没见街上还有人喂宠物小猪的吗？不劈柴可以买买菜，做做饭，煮煮粥，世界就在眼前，就在生活的当下，随时随地可以开始心的游走，别忘带着快乐轻松的眼神！《正大综艺》《环球》，一堆电视栏目，看呗！再不成，砸碎存储罐罐，还不能去个新马泰什么的，是吧？你说！

"从明天起，关心粮食和蔬菜。"——更可以啦！农民的税都免了，还能没有我等吃的喝的吗？！绿色食品自然菜蔬，不正提倡着呢嘛，不是已经星星之火，展开燎原之势了吗？

"从明天起，拥有一所房子。"——我有房子住着呢！已经拥有了，比诗人超前了。不过，我还想再超前一下，奢侈点，拥有一所心灵的别墅！这全凭自己营造。正所谓"在陋巷,不改其乐",对不?

"从明天起,面朝大海,春暖花开。"——心花已经开了,双眸已经朝向生活的大海!看海一定要到海边吗?心在海中,海在心中,其实,在我做这一切、想这一些的时候,心中的世界已然是"在海边,花儿开,春风来了"。

亲爱的,我们不是"湿人",更不是"干人",我们是大俗人,我们可以做到——因为祖祖辈辈的人都是这样过来了的。哪一世的春光不旖旎,哪一代的春色不迷人,哪一晨的春风不浩荡呢?

世世代代春花朵朵开,面朝大海,春暖花开!这是诗,但更是生活。亲爱的,你说呢?

聪明的,干吗又要从明天起呢?请从今天起,从此刻起!

给自己一个舒服的姿势

有一天,有人给她说:"我们可羡慕你了,那么有追求。"

有一天,又一个人给她说:"我们也想做一个像你那样的人,可是做不到……"

这一切,令她狐疑:"我吗?你是说我吗?有追求?"

对方答:"是啊是啊!"

她要崩溃,又笑起来:"我哪里有追求!我是无聊了,没趣了,才来写写字的。你说,我又没有别的爱好?不泼洒点墨水,怎么把大把大把的时间浪费过去。"

她依然不解地问:"我是一个什么样的人?"

对方郑重其事地对她说:"你是一个有追求的人,认准目标就勇往直前!"

天啦啦,她又要惊异得笑歪歪:"我哪里是?!"

她来到这个工厂里,就被领导认定"不安心工作"——只因她的分配函早到这里半年了,她才慢腾腾地来上班。

她来了,好的工作不给她,重要的岗位不安排她,连比她晚来七八年的小妹妹们都挑大梁了,她还在做着辅助性的工作——没有人夸奖,最脏的工作她在做;没有人称赞,最不出成效的活儿,她在拿着。她不厌其烦,心里明白,便坦然,总得有人做,她不擅长争夺,便就这么相安无事地"不显山""不露水"地做——别人不屑的工作,也是最渺小甚微的活计。如同她调好料,拌好馅,擀成皮,别人捏出饺子捞碗里;也好比她种下果树,浇灌水,修枝打杈,捉虫,施肥,别人的工作环节就是摘果子。

她是一个认真的人,所以凡事做得滴水不漏,所以就更没有人注意她,她在的地方,不会发出声响。

久之,这样暗箱里的工作就全归她了。可能太无事可做了吧,尽心做完她的工作之后,她便写字,写字,写字,字写在废旧的报纸上,一张一张,从张牙舞爪到雏形初具,再到有模有样,以至初露锋芒——她无意中参赛,得了奖,一次,两次,三次……次数多了,便有人注意——看看,她就是不安心工作,整天做什么劳什子……

从初露锋芒到锋芒毕露,她拿了国家级的写字奖。有人用"书法家"来称她,有人约请她,加入这个那个协会,有人电话找她,追到她——"给个面子,题个字"……

她从没被重视过,这一回,连领导也开始找她做这个,写那个了。

似乎,她从一个被踢来踢去的人,便成一个"工具",有利用和使用的价值了,于是她的字、她的人,便也有价值起来。

于是有人说了,她是一个坚毅的人,她是一个执着的人,她是一个认准目标勇往直前的人。她呵呵呵地笑:"小女子,俗人一个,我只是找一个姿势蜷缩着,在那么样一片的空间里,蜷来蜷去,给自己摆一个相对舒服的位置。"有人邀请她拉杆旗子做会长,她不,她说了,写字是自己玩的,一个人的快乐。

请她给工友们做报告,她说:"多小的空间,多大的空间,只需要在自己的位置上调整自己的心态和姿势。"

工友说:"这是成功的奥妙。"

她只说:"我这是心灵的润滑油,生活的小妙招。"

婚姻、工作、生活、人生,什么样的境遇里,都要给自己摸索出一个相对舒服的姿势,待在里面,陷进其中,自得其乐,就会出其不意,开出花来。

蝴蝶翅膀哪里来

蝴蝶有一双美丽的翅膀,我多么羡慕。当我还是一个小女孩的时候,当我长成一个大女孩的时候,当我成为一个少妇、成为妈妈的时候,我依然,望着阳光下,蝴蝶的翅膀,莫名发呆,痴迷不已。

小小的孩子拖着我的裙裾:"妈妈,蝴蝶的翅膀哪里来?"

我沉溺得太久,忘记了思考;或者,无脑的我,就没有想过"美丽的翅膀哪里来"——我是一个只知道羡慕的人,所以,我永远都在羡慕,我永远只能羡慕。

9岁的女儿不这样,她说:"蝴蝶的翅膀哪里来?我也要有一双这样的翅膀。"

6岁的儿子也不甘落后:"姐,我们去寻找。"

他们对着一元钱买回来的两只春蚕架起录像机,录下蚕成长的一生,反复研究蛹的蝶变,以及蝶产卵献身。

一个说:"蚕的一生真努力啊!"

一个说:"蚕变蛹,蛹化蝶,蝶产卵,一步一步,每一回都是坚持不懈!"

他们又去花园里追寻蝴蝶的翅膀,看见翅膀被打湿后,蝴蝶多么艰难地振翅,多么竭尽全力地飞!

从此以后,女儿要花裙子,也要一摞摞书;要棒棒糖,也要上古筝课、上舞蹈课……儿子要烤鸡腿,也要点读笔;要魔方,也要学围棋……

我说:"不行,孩子不要太累了。"

"妈妈,不累,哪能随便就长出翅膀,我们学习蝴蝶,练习飞翔,这是我们的游戏。"

坚持着,飞一飞,真的会长出翅膀,努力着,飞一飞,居然就生出翅膀——女儿的画去韩国展览了,她说,还要去法国那个馆里展览才叫真正有翅膀;儿子的口语表演去电视台录像了,他说,我才长出一双翅膀的"芽儿"……

我说:"孩子们太累了,歇一歇。"

他们说:"蝴蝶歇了吗?"

"你看,它在花瓣上趴着呢!"

"那是在汲取营养。"女儿说,握着她的画册。

"不懂了吧,妈,营养丰富才能飞得高远。"小儿对着镜子校正他的发音。

有一天,两个小儿对着一群土豆下功夫,去皮,切丝,我呆呆看他们,如同看蝴蝶的翅膀:"妈,不懂了吧,蝴蝶要全面发展。"两个孩子嘻嘻地笑。

粗粗细细,长短不齐,酱油放得黑乎乎,那一顿是我吃得最美味的土豆丝。

饭后,孩子们给我上课:"妈妈,知道蝴蝶的翅膀哪里来吗?"

我认真听讲:"爱迪生失败了100次,又坚持了1次,实验成功了——这是科学家的翅膀。"

"要是还没有成功呢?"我插口问。

"那就进行第102次实验。"小儿不耐烦地看我一眼,"直到成功为止,坚持是走上成功之路的梯子。"

女儿接口:"也是成功的捷径。"

我几乎喷出笑来,忍住表情。

"王楠、邓亚萍,一个球一个球地打,一分钟一分钟地练,她们打烂无数只乒乓球,终于把梦想打亮在地球村——这是运动员的翅膀。"

……

我听得目瞪口呆,我听得哑口无言,我听得陶醉,也担心——俩孩子讲的这些翅膀都太灿烂了。

"妈,你跑神了。"女儿发现了我的目光如鱼,在东游西晃,"注意听啊,该讲到跟你有关的了。"我赶紧盯住孩子的眼睛。

"一天一天洗衣,一天一天做饭,一天一天把儿女养育长大,粗粗的手、肥肥的腰——这是妈妈的翅膀。"他俩一个拉手,一个抱腰。

我奇怪:"我也有翅膀吗?"

"妈,大自然不会放弃任何人任何时候,谁都有翅膀,你有隐形的翅膀,你没发现哦?"小儿蹭着我的臂膊。

"不要自卑哟,老妈。"女儿居然踮起脚拍拍我的肩膀,"老爸飞,翅膀有力,有一半是你给他力量,对吧,老爸?我和弟弟飞,也有你在送电加油,你是我们隐形的翅膀……"

"我一个家庭妇女,也有翅膀,也飞?"我一脸大惑,不解地看孩子们。

"妈，谁都有翅膀，小燕子有，花喜鹊有，小草有，大地有，宇航员有，小蚂蚁也有……"小儿摇头晃脑，女儿的花裙子飞来飞去。

稀里糊涂的我，被他们晃得眼晕，晕晕乎乎有点明白，童心可爱，童心可敬——"哪里有童心，哪里就有翅膀飞"。

"妈妈，哪里有坚持，哪里就有翅膀，这是翅膀生长出来的秘密。蝴蝶飞翔着陪云漫步，这是我和姐姐发现的秘密。"小儿对着我宣布。

再看美丽的蝴蝶，清风里，花丛间，我痴痴不再呆呆，忍不住抚我的臂：翅膀人人有，阳光之下，你飞翔，以心，以爱，以技能……付出就是翅膀，坚持，前行，像蝴蝶陪云漫步，飞翔着，收获生活的霞光——一根一根金羽毛，银羽毛，快乐的羽毛……

心中的新年

新年在每个人心中是不尽相同的,因为人不尽同,心不尽同。但是"新"是一样的,它是又一张白纸,哪怕你用来书写和往年一样的内容,可它属于新的一年;"年"也是一样的,谁的日子不会比别人短一秒,也不会长一秒。

我心中的新年是这个样子的:烦恼人生,烦恼再少一点;快乐生活,快乐再多一点。哪怕都只是一点点。新年里正常运转我的老希望,可它们只要运转着,就是我的新希望——家人幸福,朋友美满,世界正常运转,大家都是平平安安的。工作顺利,可以再进步一点点;工资照发,可以再提高一点点。让家庭让单位让阳光充满爱,我的付出也可以比别人多出一点点。我知道大家也都是这样想和做的,这是我的意愿,我的意愿是纯金的。构建和谐的小康社会,谋民族繁荣和人类幸福,人人有责,责无旁贷,这是大家的意愿,大家的意愿也是纯金的。这些也都是纯正的属于新年的。所以我相信,新年的幸福是被每个人纯金一般的愿望擦拭一新的,也是纯金一般闪着光的。我爱,我期待。

我爱我期待的新年,是理想的现实,不是妄想和虚设;是迈着有条不紊的脚步就可以看得到的，不是光想想却见不到面的。我喜欢这样的生活，也喜欢这样的心态，虽然，它是情懒的，充满小女子情态的。

慵懒的小女子，能把小日子企盼得顺顺畅畅，也就是实现了小女子小心胸里的大理想了，对平凡人来讲，这就是大成功了。

其实呢？平凡人的生活太平了，天下便也就太平，这便又是"大同"了。大同如莲花，盛开在不凡人的掌中，却也同时绽放于平凡人的心上。心中的如水的新年时光里，这样的莲花随处可见，俯仰皆可得。

正举纤纤笔散淡地描画心中的新年，耳畔听到一位老者杳杳地立在远古的长河边轻轻吟唱："大道之行也，天下为公……"在这老者拈须微笑的同时，我又听到了当代的一个洪亮的声音："实现社会和谐，建设美好社会……"不禁我也微笑，拈笔而笑：小女子的慵懒无为是缘于这个时代的辛勤有为，小女子的小胸襟小气魄是因这个时代的大胸襟大气魄啊。那么，注定了小女子的这支纤纤细毫也是要融入现今时代的如椽大笔之中的。

感谢时代的繁荣、社会的美好，得以让我尽现小女人态，充满小女人情调地踌足张望我小女人味的美好来年。如果您的心情和我一样，请让我们微笑致"新年好"，花团锦簇地走在街上，自由自在的背影，云淡风轻的表情，想必是我。